DREAMBOOKS★

KB009018

DREAMBOOKS ★

DREAMBOOKS ★

DREAMBOOKS★

절대검해

絕對劍解

14

한성수 신무협 장편소설

ORIENTAL FANTASY STORY & ADVENTURE

dream
books
드림북스

절대검해 14 혼돈지문(混沌之門)

초판 1쇄 인쇄 / 2013년 8월 19일
초판 1쇄 발행 / 2013년 8월 23일

지은이 / 한성수

발행인 / 오영배
책임편집 / 편집부
펴낸 곳 / (주)삼양출판사 · 드림북스

주소 / 서울특별시 강북구 솔샘로67길 92
대표 전화 / 02-980-2112 팩스 / 02-983-0660
편집부 전화 / 02-980-2116 팩스 / 02-983-8201
블로그 / blog.naver.com/dreambookss

등록번호 / 제9-00046호
등록일자 / 1999년 3월 11일

ⓒ 한성수, 2013

값 8,000원

(주)삼양출판사 · 드림북스의 서면 허락 없이는 어떠한
형태나 수단으로도 이 책의 내용을 이용하지 못합니다.

ISBN 978-89-542-4912-6 (04810) / ISBN 978-89-542-4130-4 (세트)

* 지은이와 협의하에 인지는 생략합니다.
* 잘못된 책은 구입한 곳에서 바꾸어 드립니다.

이 도서의 국립중앙도서관 출판시도서목록(CIP)은 서지정보유통지원시스홈페이지(http://
seoji.nl.go.kr)와 국가자료공동목록시스템(http://www.nl.go.kr/kolisnet)에서 이용하실 수
있습니다. (CIP제어번호: 2013014759)

한성수 신무협 장편소설
ORIENTAL FANTASY STORY & ADVENTURE

14

혼돈지문(混沌之門)

절대검해

劍解

dream
books
드림북스

절대검해

14

목차

131장 일식(日食) | 007

132장 다시 돌아온 창천검무대주! | 037

133장 천광지멸지세(天光地滅之勢)! | 071

134장 혼돈지문(混沌之門) | 103

135장 세상은 결코 고정되지 않았다 | 131

136장 무한(無限)의 해(解) | 161

137장 구채구(九寨溝) | 191

138장 불타는 십리정! | 223

139장 유성(流星) | 255

140장 그가 왔다! | 285

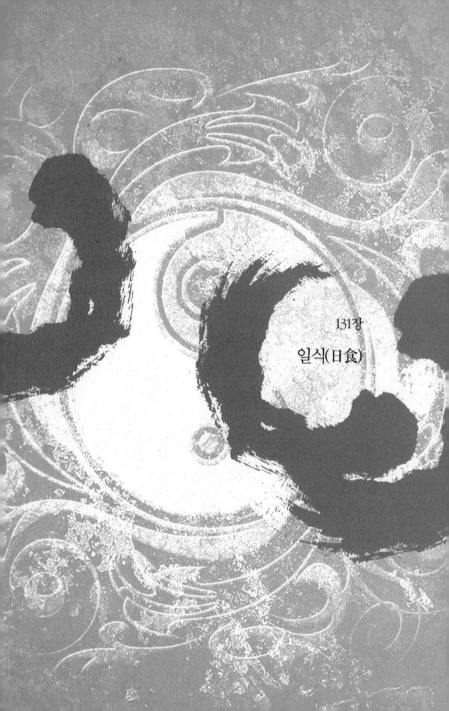

131장

일식(日食)

　신마성궁.

　갑자기 태양이 빛을 잃어버렸다. 마치 존재 자체가 소멸
해 버린 것처럼 그리되었다.

　일식!

　대자연의 조화가 일어난 것일까?

　그렇진 않았다.

　실제 태양이 사라진 게 아니라 그냥 압도적인 마기가 빛
을 잡아먹어 버린 까닭이었다.

　그러자 평상시와 다름없이 천마대전에서 구양령과 대치
하고 있던 태상마군 소리산의 입에서 나직한 신음이 흘러

나왔다.

"크윽!"

그를 아는 자라면 아연실색할 법한 모습!

특히 그의 강대한 호신강기에 보호를 받으며 열심히 구양령의 변화를 살피고 있던 성녀 진리에겐 더욱 그러했다. 이런 약한 모습을 소리산에게서 볼 줄은 몰랐기 때문이다.

'어째서……?'

그녀의 의문은 오래가지 않았다.

일순 그동안 눈에 띌 만큼 홀쭉해진 구양령의 입이 열리며 천마대조의 목소리가 흘러나왔다.

"때가 왔다! 때가 도래했도다!"

"무슨 때가 도래했다는 것인가?"

"하하, 마(魔)의 아들이 눈을 떴다! 내 진정한 후계자가 드디어 눈을 떴다!"

"날 안중에도 두지 않고 있구만. 소성녀, 이거에 대해 어찌 생각하는가?"

언제 신음을 토했냐는 듯 평정을 되찾은 소리산의 갑작스런 질문에 진리가 미간에 작은 주름을 만들었다. 그동안 천마대조와 관련된 모든 문헌을 섭렵한 그녀에게도 이런 반응은 예상을 월등히 벗어난 일이었다. 쉽사리 답을 내놓을 수 없는 사안이란 뜻이다.

그러나 그녀는 천재다.

천마신교 역대급에 속하는 천재인 태상마군 소리산이 인정한 명실상부한 후계자였다.

곧 그녀의 눈에서 영롱한 빛이 흘러나왔다.

"천마대조는 죽기 전에 실질적인 후계자를 남기지 못했어요. 그의 천마초절예를 온전하게 이어받을 만한 인재가 없었기 때문이에요."

"그럴 수밖에 없을 테지. 당시 천마대조란 존재 자체가 역천이나 다름없었으니까."

"그러니 어쩌면 마음 한켠으로 깊은 유감을 품고 있었던 게 아닐까요?"

"유감을 품었다?"

"예, 유감을 품은 나머지 승천을 뒤로 미뤘던 거예요. 혼백이 흩어지고서도 현세에 발현할 수 있을 만큼 강력한 잔존 사념의 형태로 남을 정도로요."

"자신의 천마초절예를 온전히 이어받을 수 있는 후계자가 나타날 때까지 말인가?"

"예."

진리가 대답과 함께 흠칫 놀란 기색을 보였다. 소리산의 강대한 호신강기를 당장이라도 압살해 버릴 듯 밀려들고 있는 검은 기운에 놀란 것이다.

그러나 그것도 잠시뿐이었다.

곧 그녀의 표정이 평상시대로 돌아왔다.

휘릭!

여전히 진리에게 시선을 맞춘 채 소리산이 넓은 소매를 휘저었다. 그렇게 호신강기를 압도해 오고 있던 검은 기운을 종잇장처럼 찢어발겨 버렸다.

"크아아아아아!"

천마대조의 입에서 비명이 터져 나왔다. 방금 전까지 희열에 차 있던 표정이 딱딱하게 굳더니, 순간적으로 신마좌로 돌아갔다. 소리산의 반격에 상당한 타격을 입은 듯하다.

그러나 이후 상황이 다시 바뀌었다.

휘청!

소리산이 한 차례 신형을 비틀거리더니, 진리를 품에 안고 뒤로 물러났다. 방금 전의 공방에서 그 역시 손해를 본 것이 분명하다.

그리고 그와 동시였다.

스파앗!

일순 신마좌를 두 조각으로 쪼갠 천마대조가 한줄기 검은 바람으로 변해 천마대전을 빠져나갔다. 여태까지 자신을 옥죄고 있던 저주와 사술을 풀고 자유를 획득한 것이다. 마치 처음부터 그럴 수 있었고, 그렇게 정해져 있던 일처럼 말이다.

"이런……."

소리산이 살짝 눈살을 찌푸린 채 고개를 저어 보였다. 천마대조의 갑작스런 탈출을 예측하지 못한 때문이었다.

진리가 조심스레 질문했다.

"천마대조를 일부러 뒤쫓지 않으신 것일 테지요?"

"소성녀는 날 지나치게 과대평가하는군. 방금 전에 내가 천마대조에게 죽을 뻔한 걸 보지 않았는가?"

"죽진 않았으니까요."

"내가 죽기라도 했어야 한다는 건가?"

"제가 아는 태상마군님이라면 이와 같은 사태가 벌어질 것을 예측하지 못하셨을 리 없다는 뜻이에요. 무얼 노리시는 것인지 물어봐도 될는지요?"

"허허, 못 당하겠군."

너털웃음과 함께 고개를 가로저은 소리산의 배후로 갑자기 장대한 그림자가 모습을 드러냈다. 항상 천마대전 밖에 머물러 있던 북리사경이었다.

"명을 내리시오."

"전력을 다해 천마대조를 죽여라!"

"내 능력 밖이오."

"그냥 최선을 다해 봐."

"그러겠소."

간명한 대답과 함께 북리사경의 장대한 신형이 천마대전 위로 날아올랐다. 천마대조의 뒤를 쫓기 시작한 것이다.

진리가 다시 질문했다.

"어쩌시려는 거지요?"

"보다시피 남에게 무거운 짐을 떠넘긴 거야."

"이대로라면 북리사경은 헛되이 죽을 거예요."

"그럴 테지."

"그에게 들인 공이 적지 않으실 텐데요?"

"불안 요소를 남겨 놓는 것보다는 나을 테지?"

"불안 요소라면…… 아!"

어느새 이맛살을 잔뜩 찌푸린 표정이 되어 있던 진리가 무언가를 깨달았다는 듯 탄성을 발했다. 눈에 깃들어 있던 영롱한 기운이 더욱 짙어졌다.

"태상마군님은 차도살인지계를 펼치시려는 것이로군요?"

"그래 주면 고맙겠지."

"북리사경이란 강수를 두셔 놓고 갑자기 웬 엄살이세요? 멸천마후는 반드시 천마대조를 포획하기 위해 움직일 거예요. 태상마군님이 그렇게 다 계획을 세워 놓으셨을 테니까요."

"……."

진리의 단언에 소리산이 미미하게 고개를 끄덕여 보이곤 문답을 끝냈다.

만족한 것일까?

어디까지나 소리산 자신만이 알 일이었다.

　　　　　*　　　　*　　　　*

　조물조물…….

　반교연의 가슴에 손을 넣고 한참 분위기를 잡고 있던 장
소량이 갑자기 침상에서 굴러 떨어졌다. 그의 손길에 몸을
얌전히 맡기고 있던 반교연이 느닷없이 그를 확 뒤로 떠밀
어 버린 까닭이다.

　"어이쿠, 나 죽네! 다 늦게 얻은 여편네가 늙은 남편을
모살하려 하는구나!"

　"엄살은!"

　"엄살이라니! 허리가 아파서 죽을 것 같은데……."

　"허리? 진짜 허리를 다친 거예요!"

　반교연이 언제 장소량을 타박했냐는 듯 당황한 기색으로
침상에서 뛰어내렸다.

　장소량이 정색을 했다.

　"어허, 이 손 치워! 어딜 만지려는 거야!"

　"가만 좀 있어 봐요! 허리가 아프다면서요? 어디를 어떻
게 다친 건데요?"

　"됐어! 됐다고! 날 냅다 떠밀어 버릴 때는 언제고, 이제
와서 신경 쓰는 척은 다 뭐야!"

　"아!"

반교연이 손을 입에 가져다 댔다. 장소량이 허리를 다쳤다는 말에 잠깐 잊어버렸던 일이 떠올랐기 때문이다.

장소량이 귀신같이 이변을 눈치챘다.

"뭐야? 무슨 일이 생긴 거야?"

"창밖을 좀 봐요."

"창밖?"

장소량이 창 쪽으로 시선을 던지다 안색을 가볍게 굳혔다. 어느새 방 안이 무척 어두워져 있었다. 두터운 나무 창문 틈으로 스며들던 햇빛이 자취를 감춰 버린 것이다.

그리고 일어난 대기의 진동!

'천마대전 방면이다!'

내심 소리친 장소량이 창문을 열고 밖으로 뛰쳐나갔다. 반교연 역시 그의 뒤를 따랐다.

한데 그때다.

쾅!

콰콰콰콰콰쾅!

연달아 일어난 폭발음과 함께 천마대전 방면에서 검은색 광풍이 일어났다. 거센 바람이 단숨에 장소량과 반교연 쪽으로 휘몰아쳐 와 두 사람을 사정없이 바닥에 나뒹굴게 했다.

천지가 뒤집히는 듯한 충격!

"헉!"

바닥에 대자로 누워 버린 장소량의 입이 저도 모르게 벌어졌다. 비명이 절로 튀어나왔다.

마기에 삼켜져 버린 태양.

그곳을 향해 날아가고 있는 구양령.

뒤이어 천마대전 위로 날아오른 북리사경의 그림자를 연이어 목격할 수 있었다. 마치 천지창조의 신화 속에서나 볼법한 혼돈이 한꺼번에 밀어닥친 형국이었다.

힐끔.

그때 구양령의 뒤를 쫓고 있던 북리사경의 눈동자가 장소량을 향했다.

상당히 거리가 떨어져 있었으나 이미 인간의 한계를 벗어난 지 오래인 그에겐 의미가 없다. 분명 그러했다.

"으헉!"

다시 장소량이 비명을 터뜨렸다. 일순 북리사경의 손이 움직였고, 상상을 초월할 정도의 접인지기가 그의 작은 몸을 끌어당기고 있었다.

"장 상공! 장 상공!"

반교연이 비명처럼 소리 질러 댔다.

북리사경에게 붙잡혀 가는 늙은 서방을 애절하게 불러 댔다.

그러나 부질없는 짓. 의미 없는 몸부림이었다.

흡사 독수리의 발톱에 채인 병아리처럼, 북리사경에게

목덜미를 붙잡힌 장소량은 순식간에 하늘 저편으로 사라져 갔다. 지독한 어둠 속에 휩싸인 신마성궁을 뒤로하고서 말이다.

털썩!

하늘을 향해 있는 힘껏 악다구니를 쓰던 반교연이 바닥에 주저앉았다. 갑자기 늙은 서방을 잃어버린 공허감 때문에 다리에 힘이 풀려 버렸다.

그것도 잠시뿐이었다.

곧 그녀가 입술을 피가 나도록 깨물고서 신형을 일으켜 세웠다.

"감히 나 요화 반교연의 남자를 붙잡아 갔다는 거지? 사람 잘못 건드렸다는 걸 내가 반드시 알게 해주지! 내 남자를 다시 잃어버리는 걸 용납할 것 같아? 나 반교연이!"

나직한 뇌까림과 함께 반교연이 신형을 날렸다. 반드시 자신의 남자인 장소량을 되찾아 오겠다는 의지를 불태우면서 그리했다.

휘익! 휘익!

'왜! 도대체 왜?'

장소량은 내심 계속 소리 질렀다. 도대체 자신이 무슨 잘못을 저질렀기에 이런 심한 꼴을 당하는지 짐작조차 할 수 없었다. 아니, 그러고 싶지 않았다.

그럴 수밖에 없다.

그는 반교연을 따라 천마대전에서 하인 노릇을 하는 동안 줄곧 다짐했다. 절대로 같은 인간이라고 볼 수 없는 태상마군 소리산, 천마대조의 그릇이 된 구양령, 북리사경의 일에는 끼어들지 않겠다고 말이다. 소진엽이 신마성궁으로 돌아오기 전까진 무조건 일개 하인으로 살겠다고.

그래서 그는 여태까지 계속 은인자중해 왔다.

종종 반교연과 운우지락을 나누는 걸 유일한 낙 삼아 지내 왔다.

그런데 갑자기 북리사경을 만났고, 모든 것이 꼬여 버렸다.

느닷없이 자신을 말도 안 되는 접인지기로 끌어당긴 그에 의해 목에 개 줄을 맨 것처럼 신마성궁을 떠나가게 된 것이다. 이유나 목적에 대한 어떠한 설명도 듣지 못하고서 말이다.

아니다.

그딴 건 모르겠다. 아예 관심도 없었다.

'그러니까 제발 날 놔 줘! 어떤 일이 기다리고 있든지 간에 단연코 지금보다 나빠질 걸 아니까 말이야!'

장소량은 내심 고래고래 소리 질렀다.

그러면서도 감히 입을 열진 못했다. 혹시라도 반항을 하는 것으로 간주될까 봐 겁먹은 때문이다.

하긴 북리사경은 지금 한 걸음에 백여 장씩을 이동하고 있었다. 장소량 입장에선 하늘을 마구 날아다니는 것이나 다름없었다. 감히 반 마디라도 그의 심사를 거슬리게 할 수 있을 리 만무했다.

그렇게 장소량이 반쯤 미쳐갈 때였다.

피잉!

묘하게 귀를 공명시키는 기음과 함께 북리사경이 갑자기 공중에서 신형을 비틀었다. 무심함 그 자체나 다름없던 창백한 안색에도 기묘한 변화가 일어났다.

펑!

기이한 공명음에 이어 대기가 뒤틀렸다. 뒤틀린 대기가 귀를 먹먹하게 만들 정도의 압력과 함께 북리사경과 장소량이 존재하던 공간 자체를 뒤흔들었다. 두 사람은 마치 산더미 같은 해일을 만난 난파선처럼 공기에 짓눌렸다.

'으악! 으악! 으아악!'

장소량이 비명과 함께 저도 모르게 북리사경의 품속에 포옥 파고들었다. 언제 그의 품에서 벗어나려 노력했냐는 듯 전심전력을 다해 달라붙었다.

그러자 움직임을 보이기 시작한 북리사경!

자신을 덮쳐든 거대한 해일 같은 공간의 뒤틀림을 피해 그의 신형이 지상으로 떨어져 내렸다.

쏜살같은 속도!

'으악! 으악! 으아악!'

장소량이 비명과 함께 더욱 북리사경의 품에 파고들었다. 이젠 아예 눈까지 감았다. 죽음이 바로 코앞에 도달해 있다고 여긴 때문이었다.

아니다.

그런 일은 전혀 벌어지지 않았다.

슥!

지상에 거의 도달했을 때 북리사경의 신형이 낙하 속도를 늦추더니, 곧 깃털같이 천천히 떨어지기 시작했다. 그는 마치 방금 전까지 아무런 일도 없었던 것처럼 태연하게 땅위에 착지했다.

"떨어져라."

"뭐……."

"당장 내게서 떨어지라고 했다. 머리통을 박살 내버리기 전에."

"……우왁!"

장소량이 그제야 자신의 신색을 깨닫고 북리사경에게서 떨어져 나왔다. 얼마나 힘껏 부여잡고 있었던지 양손에 피가 통하지 않아 저릿저릿하다.

북리사경이 하늘 저편에 시선을 던진 채 말했다.

"모사여! 계책을 내놓도록 하라!"

"예?"

"계책을 내놓으라 했다!"

"……."

장소량이 뭔가 말하려다 얼른 양손으로 입을 막았다. 한순간 자신이 명부전 앞에 한발을 내디딜 뻔했음을 눈치챈 것이다. 여태까지 그를 살려줬던 생존 본능이 그런 신호를 미친 듯 보내왔다.

'생각하자! 생각해야만 한다! 이 망할 명민한 대가리야! 죽기 싫으면 게으름 그만 피우고 생각을 해 내!'

내심 버럭 소리를 지른 장소량의 염소수염이 갑자기 빳빳해졌다.

눈매 역시 가늘어졌다.

여전히 북리사경이 바라보고 있는 하늘 저편. 느닷없이 날아든 무지막지한 공격. 밑도 끝도 없고, 이해의 영역조차 벗어난 불명확한 질문…….

'그렇구나! 그래! 그런 것이었어!'

순식간에 앞서 일어난 일들을 조합한 장소량이 어느새 모사의 얼굴이 되었다. 그리고 조심스레 입을 열었다.

"좌마령께서 쫓았던 건 고독검마후이십니다. 그분은 본래 강림한 천마대조의 그릇이 되어 신마좌에 묶여 있었던 상황. 좌마령께서는 태상마군님의 명에 따라 고독검마후의 뒤를 쫓고 계셨던 것입니까?"

"그렇다."

"그러나 신마좌의 사슬을 스스로 끊어 버린 고독검마후, 아니 천마대조의 무위는 상상을 초월할 터. 좌마령께서는 자신의 힘만으론 태상마군님의 명령을 수행할 수 없다는 걸 알았기에 소인을 붙잡아……가 아니라, 모사로 초빙할 생각을 하신 것이 아니십니까?"

"그렇다. 그러니 모사여! 계책을 내놔라!"

"계책을 내놓겠습니다. 하지만 어느 정도의 시간이 필요합니다."

"얼마나 필요한가?"

"사흘."

"안 돼!"

"그럼 이틀을 주십시오."

"하루를 주겠다."

장소량의 절충안을 일언지하에 거절한 북리사경이 다시 접인지기를 일으켜 그를 낚아채곤 공중으로 날아올랐다. 초인의 경지를 훌쩍 뛰어넘은 기감으로 줄곧 살피고 있던 천마대조의 이동 경로가 바뀌었기 때문이다.

'망할!'

장소량이 내심 욕설을 내뱉으며 와락 인상을 썼다. 그렇게 피하고자 했던 괴물들의 싸움에 끼어들게 되었다. 목숨이 여벌로 존재한다 해도 마음이 내킬 리 만무했다.

그렇게 시작되었다.

두 사람의 기묘한 동행이.

신마성궁은 어느새 한참이나 멀어져 가고 있었다.

                    *   *   *

멸천각.

하룻밤 새 몇십 마리나 되는 전서응이 날아들었다. 그리고 그 밀지 중 일부가 지금 멸천마후 천기신혜의 손에 들려져 있었다.

팔랑!

몇 개의 각기 다른 세력으로부터 전달된 밀지를 손가락으로 넘기던 천기신혜의 눈매가 가늘어졌다.

'이러한 때에 신마좌에 봉인되어 있던 고독검마후가 신마성궁을 떠났고, 그 뒤를 북리사경이 뒤쫓기 시작했다라……'

— 고독검마후 구양령! 그리고 좌마령 북리사경!

신마비천광 당시 가장 크게 천기신혜의 예상을 벗어난 존재들이었다. 그들로 인해 숙적 태상마군 소리산에게 일격을 당했고, 신마대제 담대광에 대한 복수를 뒤로 미뤄야만 했다. 완벽하게 맞물린 채 돌아가고 있던 톱니바퀴의 한

축이 틀어져 버린 것이다.

그래서 껄끄러웠다.

파소봉에 세력을 집결시켜 놓고서 줄곧 눈치만 봐왔다.

예측 영역을 벗어난 존재의 등장에 전면전을 뒤로 미룰 수밖에 없었다.

그런데 갑자기 상황이 급변했다.

완전히 달라졌다.

그 껄끄러운 존재들이 제 발로 신마성궁을 떠났기 때문이다. 어째서 그렇게 되었는지는 모르겠지만.

'……이미 십만대산 일대에서 황천비영 세력은 완전히 사라졌다고 봐야 옳다. 한동안 황천이나 천사련의 도움을 받을 길이 끊겼다는 뜻이다. 그런 상황에서 벌어진 이 같은 급변을 어찌 받아들여야 하는가?'

신마비천광에 관해 수집된 정보들이 머릿속을 어른거린다.

쉽사리 믿기 힘든 신화적인 얘기들이 하나하나 떠올랐다. 그 이야기들이 떨쳐 내기 힘든 유혹으로 교태를 부려왔다. 그리고 심중 깊숙한 곳에서 울려 퍼진 경고음!

'태상마군 소리산! 그자의 그림자가 느껴진다. 오랫동안 웅크리고 있던 그가 드디어 움직이기 시작했다는 확신이 들어. 하지만 분하게도 나로선 이번 수를 받을 수밖에 없다. 이로써 북리사경이 죽지 않았다는 게 만천하에 드러나

게 되었으니까.'

깊은 사유의 끝에 눈살을 가볍게 찌푸려 보인 천기신혜가 나직한 목소리로 자신의 마호를 불렀다.

"매종경!"

"예."

"사냥을 준비해."

"목표를 말씀해 주십시오."

"고독검마후와 북리사경! 휘하의 백팔마류(百八魔流) 중 상위의 십마류(十魔流)를 이끌고 가서 포획해 오도록 해!"

"생포해야 하는 겁니까?"

"저항이 심하면 죽여도 좋아. 하지만 목은 반드시 가져와야만 해."

"예."

복명과 함께 매종경이 한줄기 그림자로 화했다. 사냥을 위해 주인의 곁을 잠시 떠난 것이다.

꿈틀.

문득 천기신혜의 눈초리가 가볍게 치켜 올라갔다.

왠지 가슴 한켠이 서늘해진다. 뭔지 모르게 신경이 거슬렸다.

"어쩌면 이번 한 수로 인해 태상마군과 오랫동안 끌어왔던 대국을 패하게 될지도 모르겠구나. 왠지 그런 생각이 들어……"

자신만이 알 수 있는 중얼거림.

아니, 어쩌면 세상에 단 한 명, 소리산은 알 수 있을지도 모르겠다. 분하지만 분명 그럴 터였다.

*   *   *

항주.

천 년의 고도를 휘감고 도는 전단강 강변에 일단의 무리가 모습을 드러낸 건 정오를 조금 넘긴 시각이었다.

얼굴의 반면을 긴 모발로 가린 시원스런 인상의 미녀.

그리고 그녀의 뒤를 따라 도열해 있는 삼십여 명가량의 적의 무복인들.

멸천마후 천기신혜의 명에 따라 한 달 전 멸천각을 떠나온 뇌운의 철사자 진여상과 새롭게 조직된 뇌왕열화병단이다.

"더워……."

나직한 중얼거림과 함께 진여상이 손을 내밀자 삼십 대 중반의 호한이 달려와 술 주머니를 건넸다. 사패열화신장의 수장인 일화신장의 후계자이자 신(新) 뇌왕열화병단의 단주인 일화수(一火手)였다.

꿀꺽! 꿀꺽!

여느 호걸 못지않은 주량을 발휘해 술 주머니의 내용물

을 단숨에 절반으로 줄인 진여상이 입을 소매로 훔쳤다. 술기운 덕분인지 안광이 조금 더 강렬해졌다.

"항주까지는 얼마나 남았지?"

"눈앞에 보이는 강만 건너면 바로입니다."

"다행이로군. 오늘은 지긋지긋한 노숙을 면할 수 있을 테니 말이야."

다시 술 주머니를 입에 가져가는 진여상을 넋 놓고 바라보던 일화수가 갑자기 생각난 듯 말했다.

"이쯤에서 준비를 해야 할 것 같습니다."

"표행(鏢行)으로 변복하자고 했던가?"

"예."

대답과 함께 일화수가 휘하의 뇌왕열화병단을 움직여 표행기를 들게 하고, 표물 역시 준비케 했다.

한데 그때였다.

"헛!"

"으헛!"

일화수의 명령에 의해 분주히 움직이고 있던 뇌왕열화병단 사이에서 비명에 가까운 경호성(警號聲)이 터져 나왔다. 갑자기 전단강 저편, 항주부 쪽 하늘이 검은 어둠에 휩싸인 것이다.

진여상 역시 다르지 않다.

"뭐야 저거……."

미간을 가볍게 찌푸린 채 어둠에 휩싸인 하늘을 가리키는 그녀에게 일화수가 신중한 표정으로 말했다.

"일식이 일어난 게 아닐까요?"

"일식?"

"예, 이 정도로 하늘이 어두워지는 건 일식 정도밖엔 없다고 알고 있습니다."

"그런 건 나도 알고 있어. 하지만 저렇게 이상한 일식이 있을 수 있는 거야?"

"그건……."

일화수가 진여상이 가리키는 하늘을 바라보며 말끝을 흐렸다. 그저 일식이라는 말만으로는 연달아 어두워졌다가 밝아지길 반복하는 항주부 쪽 하늘의 모습을 딱히 설명할 재간이 없었기 때문이다.

짝!

진여상이 손뼉을 쳤다. 그리고 선언하듯 말했다.

"아무래도 재미있는 일이 벌어지려 하고 있는 것 같다! 우리 뇌왕진천가가 이럴 때 뒤에 빠진 적이 있었나?"

"없었습니다!"

"그래, 맞아. 우리 뇌왕진천가는 이럴 때 절대 뒤로 꽁무니를 빼지 않아. 하지만!"

"……."

"이번은 아니다. 이번만은 아무래도 꽁무니를 빼고서 잠시 기다려야 할 것 같다. 일화수!"

"예!"

"잠시 동안 뇌왕열화병단과 함께 이곳에서 대기하고 있도록 해."

"예?"

"항주부에는 나 혼자 먼저 잠입하는 걸로 하겠다. 차후에 따로 명령이 떨어질 때까지 절대 경거망동하지 말도록 해."

"하지만 가주님……."

"항명은 용서할 수 없다!"

단호한 한마디로 일화수의 입을 틀어막은 진여상이 여전히 급변을 보이고 있는 항주부 쪽 하늘에 강인한 시선을 던졌다. 자신을 기다리고 있을 악몽을 미처 예상하지 못하고서 그리했다.

*   *   *

무림맹.

비무대 주변에 모여들어 있던 군웅들은 하나같이 잔뜩 긴장해 있었다.

총대주를 뽑는 결승전에 오른 두 사람.

제갈종호와 모용경.

두 사람의 대주 사이에 형성되었던 교착(交着)!

보기 드문 강검과 경공이 포함된 속검이 맞서던 결승전이 이제 대미를 장식하려 하고 있었다.

교착 이후 백 합!

정확히 말하면 그에 단 한 합을 남겨 둔 상태에서 승부의 추가 기울어졌다. 누구나 알아볼 수 있을 만큼 확실한 일격에 의해 승자와 패자가 나뉜 것이다.

파창!

묘기에 가까운 성광비천신법으로 신형을 공중에서 세 차례나 회전한 모용경의 검이 은빛 섬광을 만들어 냈다. 여덟 개의 검광을 연환시켜서 하나로 만들어 낸 회심의 성광팔연섬(星光八聯閃)의 일격!

그 일격이 잇단 충돌로 인해 약해져 있던 제갈종호의 검경을 부숴 버렸다. 강력한 기운을 뚫고 검신으로 파고들었다. 균열을 만들고, 쪼개 냈다.

"크헉!"

제갈종호가 단말마에 가까운 비명과 함께 신형을 뒤로 물렸다. 충돌의 여력을 풀어내기 위한 피치 못할 선택이다. 무공의 도리상 전혀 문제될 게 없었다.

그러나 이곳은 비무대!

공중에서 연달아 회전을 보이며 공격해 온 모용경에 의해 그는 어느새 비무대의 가장 외곽까지 밀려나 있었다. 더 이상 물러설 곳이 없는 상황에서 그녀의 회심의 일격을 맞이한 것이다.

휘청!

제갈종호의 한 발이 비무대를 벗어났다.

굳건하던 신형이 큰 흔들림을 보였다. 그대로 추락할 수밖에 없는 상황에 처했다.

휘리릭!

그때 모용경이 다시 신형을 회전시켰다.

여태까지의 격렬한 검격을 거둬들이고, 비무대 밑으로 추락하려는 제갈종호에게 손을 내밀었다. 누구도 예상치 못했던 급반전을 그렇게 이뤄 냈다.

툭!

그러자 제갈종호가 모용경의 손끝을 한 차례 건드린 기세에 도움을 받아 신형을 하늘로 뽑아 올렸다. 그녀가 손끝에 전달해 준 한 가닥 진기를 몸속에서 회전시켜서 추락의 위기에서 벗어난 것이다.

휘익!

그렇게 다시 비무대 위로 올라선 제갈종호가 자신의 반토막 난 검을 한 차례 살피곤 입가에 씁쓸한 미소를 담았다. 누가 봐도 알 수 있는 완패다. 하필이면 자신이 마음속에 뒀던 여인에게 말이다.

"모용 대주, 패배를 인정하겠소!"

"훌륭한 절차탁마였어요. 양보해 주신 걸로 알겠습니다."

"양보라……."

모용경의 예의를 갖춘 말에 제갈종호의 입가에 깃든 고소가 더욱 짙어졌다. 오늘 이런 식의 대화를 나누게 될 줄은 몰랐다. 아니, 하고 싶지 않았다는 게 더 옳을 터였다.

하지만 승부의 세계는 냉정한 법!

그가 패배를 인정함과 동시에 비무대 주변이 광란에 가까운 환호성에 파묻혔다.

"우와아아아!"

"드디어 무림맹의 총대주가 탄생했다!"

"무림맹 총대주는 검왕의 손녀다! 모용세가에서 제갈세가를 이긴 거야!"

"그렇다는 건 무림맹의 맹주는 역시 검왕의 차지가 될 거란 뜻인가? 그런 거야?"

"모르지! 제갈세가에는 살아 있는 관음보살의 재림이라 불리는 음선께서 계시잖아!"

"이번 천무지회에는 무명고검과 무당파의 신임 장문인도 참가했다고 하던걸? 그들도 절대 검왕이나 음선에 뒤떨어지지 않는 강자들이라구!"

"무슨 소리! 그래도 역시 이번 무림 맹주는 검왕의 차지야! 다 그렇게 정해져 있다고!"

새로운 무림맹 총대주의 탄생!

그에 대한 환호와 소란이 자연스럽게 이번 천무지회의 진짜 주인공이라 할 수 있는 맹주 결정 비무로 옮겨갔다. 향후 정파 무림의 대세를 결정짓는 진짜 승부는 이제부터라 함이 옳았기 때문이다.

귀빈석의 분위기 또한 다르지 않았다.

나름대로 관심을 갖고 결승전을 지켜보고 있던 명숙들의 시선이 은연중 몇몇 절대 고수에게 향했다. 주로 자신과 관련이 깊은 사람 쪽이었다. 앞으로 벌어질 맹주 결정 비무에 앞서 자신이 지지하는 사람에게 확실한 눈도장을 찍기 위함이었다.

'검왕, 믿겠소!'

'음선! 음선과 제갈세가에 내 모든 걸 걸었소! 반드시 맹주에 올라 주셔야만 하오!'

'응? 무당파 장문인은 어디로 갔지? 어째서 이런 때에 진득하게 자리를 지키고 있지 않는 거야?'

'과거 행적만 보자면 무명고검은 충분히 맹주에 오를 자격이 있는 사람이긴 한데……'

그때 비무대의 중심으로 한 사람이 움직였다.

총군사 제갈묘재다.

첫 번째 천무지회의 주인공이 된 모용경을 우승자로 선언하기 위해 직접 나선 것이다.

당연히 비무대를 완전히 장악한 함성의 농도가 더욱 짙어졌다. 거의 광란에 가까울 만큼 커지려 하고 있었다. 어떤 다른 요소도 끼어들지 못할 정도로 거대하게 말이다.

착각이다.

그런 일은 벌어지지 않았다.

슥!

문득 비무대의 중심에 서서 주변을 오연하게 둘러본 제갈묘재가 손을 올리자 거짓말처럼 군웅들의 함성이 잦아들었다. 마치 처음부터 그렇게 하기로 약속해 놨던 것처럼 그리되었다.

귀빈석 역시 비슷하다.

언제 시선을 분산시켰냐는 듯, 모든 명숙들의 시선이 제갈묘재에게 향해졌다. 아직까지 그의 존재감이 무림맹 전체에 드리워져 있음을 짐작케 하는 변화다.

그러자 그 같은 변화를 충분히 즐긴 듯 제갈묘재가 입을 열었다.

"금일 벌어진 천무지회의 첫 번째 비무 결과가 나왔소이다! 창천검무대 대주 모용경은 이쪽으로 나서시게나!"

"예."

모용경이 제갈종호에게 한 차례 목례를 한 후 제갈묘재에게 다가갔다.

그러자 다시 웅성거림이 심해진 비무대 주변!

슥!

손을 들어 올려 적당한 압력을 가한 제갈묘재가 입가에 묘한 미소를 띤 채 말했다.

"모용 대주는 천무지회의 첫 번째 우승자가 되었네. 향후 조직될 무림맹의 모든 무투 부대의 총대주직을 맡을 준비가 되었는가?"

"예, 그렇습니다."

"좋아."

흡족한 듯 고개를 끄덕여 보인 제갈묘재가 미리 준비해 놨던 영패를 하늘로 들어 올렸다. 무림맹 총대주를 상징하는 복마영웅패(伏魔英雄牌)를 군웅들에게 확인시킨 후 모용경에게 수여하려 한 것이다. 흡사 고대의 영웅 서사시에 등장하는 한 장면처럼 말이다.

한데 바로 그때 천만뜻밖의 일이 벌어졌다.

하늘이 갑자기 심술을 부린 것일까?

쾌청하던 하늘이 어둠에 휩싸이더니, 창천의 태양이 빛을 잃었다.

일식!

사악한 어둠이 태양을 집어삼켰다. 제갈묘재가 치켜든 복마영웅패와 함께 말이다.

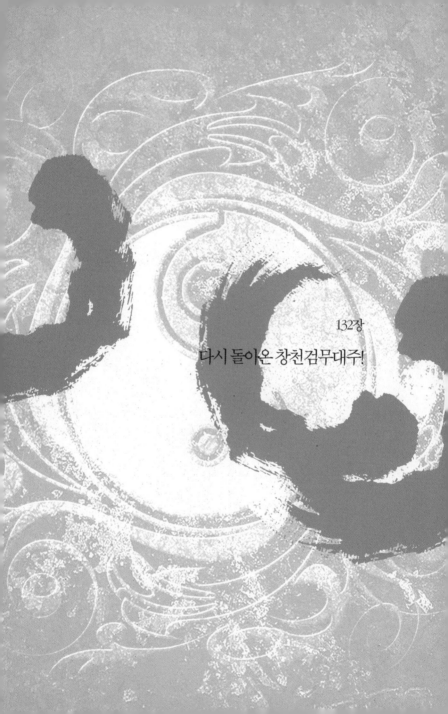

132장

다시 돌아온 창천검무대주!

일식!

무림맹의 하늘은 지금 수천 리나 떨어진 십만대산과 다름없는 이변을 연출하고 있었다.

— 신마대제 담대광!

그에게서 돋아난 검은 날개!

갑자기 활짝 펼쳐진 거대한 마기가 순간적으로 태양을 잡아먹었다. 빛을 소멸시켰다. 굶주린 짐승처럼 헐떡거리며 주변을 빠르게 집어삼켰다.

그 뒤를 이은 건 처참하고, 장대한 대살육!

퍼퍽!

퍼퍼퍼퍼퍼퍼퍼퍼퍽!

백호문을 넘어선 담대광을 향해 달려들던 천룡신무대를 비롯한 삼 개 무력 부대원들이 삽시간에 핏덩이로 변했다. 별다른 반응조차 보이지 못하고 도륙당했다. 검은 날개가 일으킨 마기의 폭풍에 몸을 이루고 있던 골격과 혈육이 모조리 분해당하고 만 것이다.

그 뒤를 이은 건 혈우(血雨)!

피의 비가 백호문 주변을 가득 메웠다. 검게 물든 하늘을 붉은색으로 물들이며 폭포수같이 쏟아져 내렸다.

할짝!

담대광이 손가락 끝에 떨어져 내린 핏방울 하나를 혀로 핥아 먹었다.

희열?

그런 것 따윈 더 이상 존재하지 않았다.

이만큼의 대살육을 일으킨 상황에서 아무런 감흥도 주지 못했다.

그냥 일상적인 모습.

연옥에서 흔히 보아 왔던 지옥도나 마찬가지였다.

저벅!

그래서 만족 역시 없었다.

피의 비를 맞으며 잠시 머물러 있던 담대광이 또 다른 먹잇감을 찾아 걸음을 옮겼다.

주춤! 주춤!

그러자 뒤미처 백호문 쪽으로 투입된 나머지 무력 부대원들이 저도 모르게 뒤로 물러났다.

찰나의 순간 만에 벌어진 대살육!

굳이 눈으로 확인할 필요조차 느끼지 못했다. 수백 명분의 피가 비가 되어 땅거죽을 붉게 물들인 가운데, 홀로 존재하고 있는 담대광이란 마신을 발견했으니까.

그게 그들을 공포에 젖게 했다. 근래 천사련의 광신도들과 계속되어 온 피투성이 전투에 익숙해져 있던 최정예 부대원마저 얼어붙게 했다.

그러다 공포가 극한에 도달했을 때였다.

"으아악!"

"으아아아악!"

"우와아아아아악!"

비명이나 다름없는 기합성과 함께 다시 무력 부대원들이 돌격을 감행해 왔다. 담대광 한 명을 향해 수백 개나 되는 창칼을 들이밀었다.

펄럭!

그러자 다시 존재감을 드러낸 검은 날개!

담대광을 노리며 달려든 무력 부대원들을 덮어 버린다.

삼켜 버린다. 씹어 먹는다. 피와 살, 뼈를 낱낱이 분해해서 하나도 남김없이 자신의 것으로 만든다.

퍼퍽!

퍼퍼퍼퍼퍼퍼퍼퍼퍼퍽!

똑같은 일이 반복되었다.

조금 전과 전혀 다름없는 살육극을 만들어 냈다.

아니, 한 가지 달라진 게 있다.

피!

이번에는 혈우가 존재하지 않았다. 첫 번째 때와 비교해 결코 적지 않은 수의 사람이 희생되었음에도 그랬다.

완벽한 죽음!

완벽한 소멸!

완벽한 흡수!

그 모든 것이 동시에 일어났다. 담대광이란 마신에 의해 거진 오백에 가까운 무림맹의 무력 부대원은 세상에서 증발해 버렸다. 마치 처음부터 존재조차 하지 않았던 것처럼 지워졌다.

"우왁!"

"으헉!"

"우아악! 우아아아아아악!"

이번에도 살아남은 건 출발이 늦은 자들이었다. 덕분에 평생 기억에 남을 만큼 끔찍한 참상을 목도해야만 했다.

절로 입에서 공포에 젖은 신음이 흘러나온다. 정신이 붕괴되어 버려 마구 소리를 질러 댄다.

그것도 잠시뿐이었다.

곧 이성을 회복한 몇 명이 뒤도 돌아보지 않고 달아났다. 담대광의 검은 날개로부터 벗어나기 위해 전력을 다해 신형을 날렸다.

그렇게 또다시 홀로 남겨진 마신!

담대광이 더욱 선명하고 거대해진 검은 날개를 펼친 채 무심하게 중얼거렸다.

"부족해……. 아직 부족해……."

무엇이?

그에 대한 답은 곧 알 수 있었다.

새로운 먹잇감을 찾아서 담대광이 검은 날개와 함께 걸음을 옮기기 시작했다. 그의 포악한 맹위에 겁을 먹고 도망친 자들의 뒤를 쫓아갔다.

방금 전까지 대함성에 파묻혀 있던 곳!

무림맹 총대주를 뽑는 비무대에 모인 군웅을 향해서!

*   *   *

흠칫!

사부 신산진인의 시신을 끌어안은 채 오열하고 있는 적

운을 뒤로하고 신형을 날려 가던 소진엽의 눈에 이채가 스쳐 갔다.

작은 움직임 하나!

아니다.

그건 시작에 불과했다.

곧 은밀한 움직임들의 숫자가 꽤나 많이 늘어났다. 그가 향하고 있는 비무대 주변으로 무수히 많은 숫자의 인원들이 빠르게 집결해 가고 있었다.

'천사교도?'

급박한 상황임에도 소진엽의 시선을 잡아끈 은밀한 움직임의 주체들은 결코 정파인이 아니었다. 오히려 지닌바 무(武)의 색깔이 혼탁한 게 사공이학을 연마한 천사교도를 닮아 있었다. 이곳이 정파의 중심인 무림맹임을 감안하면 경악할 만한 이변이 벌어지고 있다고 할 수 있을 터였다.

그러나 소진엽은 내심 고개를 가로저었다.

비슷하나 다르다!

그게 곧바로 내려진 결론이었다.

무의 색깔만으로 그들을 천사교도라 판단할 순 없었다. 움직임 자체가 종전에 그들이 보였던 것과는 사뭇 달랐다. 기습을 목표로 한 게 아니라 일종의 방어진 구축을 위해 정해진 포진에 들어가 있었기 때문이다.

'게다가 비무대 주변 전체를 포함한 광대한 영역에 걸쳐

서 그리하고 있다. 여기에 동원된 인원은 적게 잡아도 이천 명이 넘어가는 것 같은데…… 헉!'

빠르게 사유의 흐름을 이어가던 소진엽이 속으로 헛바람을 삼켰다.

자연스럽게 그렇게 되었다.

그의 걸음을 멈춰 세웠던 은밀하고 거대한 포진이 갑자기 급변하기 시작했다. 거대한 소용돌이에 휘말린 나룻배처럼 출렁거렸다. 난파선이 된 거다.

게다가 그것만으로 끝이 아니었다.

곧 소용돌이 자체가 노도처럼 포진을 뚫고 들어왔다. 속절없이 무너뜨렸다.

'그것만이 아니다! 그냥 포진의 외곽을 뚫는 정도에 그치지 않고 주변에 퍼져 있는 다른 인원들까지 빨아들이고 있다! 도망조차 치지 못하게 만들고 있어…….'

이런 상황, 경험한 바가 없다.

그동안 치른 무수히 많은 혈전을 하나하나 반추해 봐도 비슷한 예조차 떠오르지 않았다. 목표를 정하고 공격해 오는 쪽에서 이미 붕괴되기 시작한 포진의 남은 잔당을 쓸어버리는 데 전력을 낭비할 이유가 없기 때문이다.

아니, 어쩌면 애초에 전제부터가 틀렸는지도 모른다.

순살이라 할 수 있는 현 상황!

포진을 붕괴시킨 소용돌이에게 있어서 나머지 잔당을

처리하는 건 전력의 분산조차 되지 않을지도 모른다. 평범한 사람의 이성으로 측량이 불가능하다는 뜻.

불가해!

그 같은 존재를 소진엽은 익히 알고 있었다.

"……사부님! 진짜 사부님이신 겁니까? 이런 식으로 세상에 다시 등장하신 겁니까?"

소진엽은 혼란에 빠져 중얼거렸다.

분명히 마음을 정했다고 생각하고 있었다. 단호하게 굳혔다고 생각하고 있었다.

하지만 진짜 사부 담대광이라니!

그와 현실상에서 다시 맞닥뜨려야만 한다니!

전날 느꼈던 공포와 전율감에 일시 몸이 딱딱하게 굳는다. 머릿속 한구석이 정지해 버린다. 어느 때보다 예민해져 있던 감각 역시 극단적일 만큼 둔해지고 있었다.

현실 부정이다!

극도의 공포로부터 고개를 돌리고 싶은 마음의 발현이다!

그럴 정도로 심각한 타격을 받았다. 막연하게 느끼고 있던 사부 담대광의 무시무시한 신위를 누구보다 강렬하게 느낄 수 있었기 때문이다.

잠시뿐이었다.

극단적일 정도로 짧은 혼란이었다.

"하!"

문득 소진엽이 짧은 호흡을 뱉어냈다. 그렇게 스스로에게 기합을 넣어서 몸의 마비를 풀었다. 이런 식의 현실 부정이나 공포에 대한 굴복은 결코 그답지 않은 일이었다. 절대 그와 같은 굴레에 자신을 가두고 싶지 않았다.

공포가 사라진 건 아니다.

오히려 기합으로 마비를 풀자 더욱 현실적으로 느껴진다. 눈앞에서 하늘이 무너져 내리고, 발밑이 붕괴되어 천길 낭떠러지로 추락하는 것 같다.

그런 형용할 수 없을 만큼 강렬한 공포 속에서 소진엽은 한동안 버티고 서 있었다. 도망가지 않고, 외면하지 않고, 부정하지 않고 두려움을 있는 그대로 받아들였다. 두 눈을 똑바로 뜨고서 공포 그 자체의 존재를 향해 정신을 집중시켰다.

그 순간, 기다렸다는 듯이 발현된 태극무한신공!

어느 순간 사부 담대광이란 공포를 있는 그대로 받아들이게 된 소진엽의 몸속에서 작은 불꽃을 만들어 냈다. 한 알의 밀알처럼 몸속에서 틔어 난 뒤 빠른 속도로 전신으로 퍼져 나갔다. 커다란 빛으로 성장했다.

번쩍!

그와 함께 문득 소진엽의 눈에 신광이 어렸다. 맑고 투명한 기운이 대기를 관통했다.

공포의 본질!

그 중심에 거하고 있는 사부 담대광의 이동 경로를 파악해 가기 시작한 것이다. 마치 무언가를 확인하기라도 하려는 것처럼 그리했다.

"……정말 저게 사부님인 건가?"

또 다른 의미의 뇌까림.

아직은 알 수 없다. 미궁이었다. 정해진 것 역시 아직은 존재하지 않았다.

하지만 소진엽은 어느새 움직이고 있었다.

결국 사부 담대광이란 공포의 소용돌이를 향해 뛰어들었다. 어떤 망설임도 없이.

그리고 그때 주변에 포진해 있던 이천 명 중 마지막 한 명이 소용돌이에 빨려 들어갔다. 어떤 종류의 저항도 없이 소진엽이 느꼈던 공포에 먹혀 버린 것이다.

쾅!

기다렸다는 듯 천지를 진동시키는 굉음이 터져 나왔다.

비무대 방면.

이제 어떤 일이 또 발생한 것인가?

*　　　*　　　*

중천에 고고하게 자리 잡고 있던 태양!

모든 천지 만물의 시작이자 끝이라 할 수 있는 빛의 덩어리가 갑자기 자취를 감춰 버렸다. 마치 처음부터 존재조차 하지 않았던 것처럼 이글거리는 자신의 본성을 어둠 속에 숨겼다. 항상 주시하고 있던 대지로부터 살짝 눈을 감아 버린 것이다.

왜?

어째서?

하필이면 이때에?

비무대 주변에 모여 있던 군웅들이 혼란에 빠져서 웅성거리기 시작했다.

대자연의 이적이라고 해야 할까?

평생 경험해 본 적이 없던 장대한 이변은 군웅들을 당황시켰다. 어찌해야 할 바를 모르게 했다.

하지만 그건 조금 이상하다.

이곳은 무림맹!

천무지회가 벌어지고 있던 중이다. 그런 곳에 모인 군웅 중 평범한 자들은 그리 많지 않다. 대부분 기억도 나지 않을 정도로 오래전부터 강호 무림을 넘나들면서 칼을 휘둘러 왔고, 온갖 역경을 극복해 온 호한들이었다. 설혹 예상치 못했던 대자연의 이변을 만났다 한들 이렇게 큰 혼란에 빠질 리 만무했다.

일식!

그리 큰 문제는 아니었다.

적어도 비무대 주변에 모인 군웅들에겐 그러했다.

그들을 혼란에 빠뜨린 건 일식과 함께 일어난 대기의 변화였다. 갑자기 확연히 늘어난 대기 속의 음습한 기운이 그들의 생존 본능을 극심하게 자극해 왔다는 뜻이다.

그리고 바로 그때였다.

스슥!

스스스슥!

일식에 잠식된 태양의 행방을 눈으로 쫓고 있던 제갈묘재에게 몇 명의 무사들이 떨어져 내렸다. 하나같이 일류 고수로 무림맹 각 부대의 조장급들이었다.

"총군사님께 보고 올립니다!"

"총군사님, 문제가 발생했습니다!"

제갈묘재의 시선이 그제야 사라진 태양 쫓기를 멈췄다. 잠시 놓아 버렸던 현실로 돌아온 것이다. 냉철한 무림맹의 총군사로 말이다.

"적습인가?"

"그, 그것이……."

말문이 막힌 듯 잠시 말끝을 흐린 조장을 대신해 다른 조장이 말했다.

"적습입니다."

"위치는?"

"백호문 쪽입니다."

"상황이 썩 좋지 않은 것일 테지? 아니, 대답은 됐어!"

제갈묘재가 손을 뻗어 조장의 보고를 끊고 시선을 모용경에게 던졌다.

"모용 총대주, 안됐네만 임명식이 끝나기도 전에 자네한테 할 일이 생겼구만."

"제가 백호문으로 가보겠습니다!"

"아니, 그보다는 천룡신무대주와 함께 비무대 주변의 군웅들을 보호하는 일을 맡아 주게나. 지금 당장!"

"예!"

대답과 함께 모용경이 제갈종호와 더불어 비무대 밑으로 신형을 날렸다. 그녀의 뒤를 조장들이 일사불란하게 따랐다. 제갈묘재의 명령을 이미 확인한 때문이다.

그리고 그와 동시였다.

슥! 슥! 스스슥!

귀빈석에 앉아 있던 맹주 후보자들이 한꺼번에 일어나 제갈묘재에게 모여들었다. 마치 약속이라도 한 것 같은 모습이다.

이유는 자명하다.

일식이란 대자연의 이적에 그들이 신경이 팔린 건 일순간뿐이었다. 곧 비무대 주변에 모인 군웅들을 긴장시킨 사악한 기운에 모든 감각의 영역이 집중되었다.

실체를 파악하기 위해서다.

절대지경에 오른 자신들을 긴장시킨 상상을 초월한 기운의 정체를 어떻게든 알아내야만 했다. 그러기 위해 모두 전력을 경주(傾注)했다.

그러다 깨달음이 있었다.

― 전무후무한 위기!

그 외엔 어떤 수식어로도 표현할 길이 없는 무지막지한 해일이 몰아닥쳤다. 바로 코앞에 도달해 있었다. 그게 무언지는 아직 파악하지 못했지만 말이다.

제갈묘재의 시선이 음선 제갈약란을 향했다.

"짐작이 가는 바가 있느냐?"

제갈약란이 고개를 저어 보였다.

"이런 기운은 생전 처음 경험합니다. 하지만 한 가지 단언할 순 있어요."

"말해 보거라."

"지금 당장 이곳에 모인 사람들을 대피시켜야 한다는 거예요."

"그럴 정도란 말이냐?"

"예."

단호한 제갈약란의 대답이 떨어진 것과 동시였다.

"온다!"

"모두 대비하시오!"

침중한 기색으로 기력을 모으고 있던 두 사람, 검왕 모용척과 무명고검이 동시에 외쳤다. 일식으로 인해 어둠 속에 파묻힌 비무대로 몰려들고 있던 사악한 기운이 갑자기 폭발적으로 확산되기 시작한 때문이었다.

쾅!

그리고 대기를 뒤흔드는 대폭발이 일어났다.

"우왁!"

"크악!"

"우와악!"

비무대 주변이 삽시간에 아비규환으로 변했다. 갑자기 밀려온 검은 기류에 휩쓸려 수십 명의 군웅들이 피떡이 되어 날아갔다. 갑자기 수천 근이 넘는 화약이 폭발한 것이나 다름없을 정도의 여파였다.

게다가 그건 시작에 불과했다.

핑! 피핑!

피피피피피피피핑!

폭발 직후 황급히 주변으로 흩어져 가던 군웅들이 묘한 소음과 함께 전신을 마구 떨어 댔다. 피떡으로 변한 자들에게서 튀어나온 부산물에 조금이라도 접촉했으면 여지없었다. 마치 줄줄이 이어진 보이지 않는 거미줄에 걸려든 곤충과 같은 모습이다. 그렇게 자유 의지를 잃어버렸다.

그러자 제갈약란이 신녀송을 꺼내 들었다.

디링! 디리리리리!

가느다랗고 섬세한 손가락이 놀라울 정도의 속주에 들어갔다. 탄주한다.

음파!

그렇게 자신을 중심으로 한 비무대 부근을 매혹적인 음률로 가득 채웠다. 단숨에 수백 명이나 되는 군웅들을 제압한 검은 기류를 어떻게든 밀어내기 위함이었다.

그러나 그 순간 갑자기 검은 기류의 공격 목표가 바뀌었다.

쩌쩍!

문득 제갈약란이 신녀송에 실어 보낸 벽사신음이 검은 기류와 충돌을 일으켰다. 두 기운이 대기의 한복판에서 강력하게 맞붙었다. 소름 끼칠 정도의 파열음을 만들어 냈다.

"아!"

승패는 단숨에 결정되었다.

제갈약란이 신녀송의 현에 손가락을 댄 상태에서 신음을 토해 냈다. 가냘픈 몸이 와들거리며 미세하게 떨린다. 일순간 엄청난 타격을 감내해야 했음이 분명하다.

제갈묘재의 안색이 슬쩍 굳었다.

'약란이가 단숨에 이런 꼴이 되다니! 진짜 천사련주 본인이 직접 무림맹에 쳐들어온 것이란 말인가?'

언뜻 떠오른 얼굴이다.

그 외엔 이와 같은 상황을 납득할 길이 없었다.

그때 제갈약란이 다시 신녀송의 현에 손가락을 가져다 댔다. 아니, 그러려 했다.

슥! 스슥!

그녀의 곁으로 모용척과 무명고검이 동시에 다가들었다. 표정들이 하나같이 심상치 않을 만큼 굳어 있다.

"음선께서는 잠시 자중해 주시오."

"그렇소. 음선 혼자서 상대할 수 있는 자가 아니올시다."

모용척이 무명고검에게 시선을 던졌다.

"노부를 잠시 도와주실 수 있겠소이까?"

"현재로선 달리 방도가 없으니 그리하겠소."

"고맙소."

모용척이 무명고검에게 살짝 고개를 숙여 보였다. 평생 독보천하(獨步天下)했던 그가 자신과 연합을 하겠다는 결정을 내린 데 대한 고마움을 드러낸 것이다.

제갈약란이 제갈묘재에게 말했다.

"오라버니, 나머지 군웅들을 부탁드릴게요."

"날 이곳에서 밀어낼 작정이더냐?"

"이대로 가면 이곳에 모여 있는 군웅 전부가 목숨을 잃을 수 있어요. 오라버니는 현재 무림맹의 책임자이니 그런 일이 벌어지게 해선 안 되지 않겠어요?"

"그……."

제갈묘재가 잠시 말문이 막혀 제갈약란을 바라봤다. 그의 평생에 몇 번 없는 일을 당한 셈이다.

그러자 모용척이 거들고 나선다.

"음선의 말을 듣는 게 좋아!"

"……천하의 검왕이 그런 약한 말을 하는 것인가?"

"네놈까지 지켜 줄 여력이 없다는 뜻이다!"

"내 몸은 내가 알아서 할 수 있을 것 같네만?"

"헛소리! 여기 있는 군웅들을 모두 죽일 작정이냐?"

"뭐, 검왕께서 그렇게까지 말하시니, 도리가 없겠군. 그럼 뒤를 부탁하겠네."

제갈묘재가 얄밉게 한마디를 던진 후 냉큼 비무대 위에서 뛰어내렸다. 끝까지 모용척에게 대거리를 한 것과 달리 무척 빠르다. 평생 중 최고의 경공을 발휘한 것 같다.

한데 그때 또다시 상황이 급변했다.

픽! 퍼픽!

퍼퍼퍼퍼퍼퍼퍼픽!

투명한 거미줄에 걸린 것처럼 옴짝달싹 못 하고 있던 수백 명의 군웅들이 갑자기 폭발하기 시작했다. 한덩이의 핏물로 변해 버렸다. 맨 처음 폭발에 휘말린 자들과 달리 별다른 부산물조차 남기지 못한 채 그리되었다.

다행히 처음과 달리 이번엔 폭발에 휘말려 든 자들이 없었다. 짧은 틈을 타서 투명한 거미줄에 휘감긴 자들로부터 꽤나 멀리 떨어져 있었기 때문이다.

하지만 안도의 한숨을 내쉰 것도 잠시뿐.

수백 명 분의 핏물이 곧 하늘로 비산했다. 마치 미리 정해져 있었던 것처럼 한 방향을 향해 날아올랐다. 검게 변해 버린 태양을 향해 일직선으로 향했다.

흡사 일식을 위한 번제(燔祭)가 벌어진 것이나 다름없는 형국!

그때 제갈약란이 신녀송을 끌어안은 채 소리쳤다.

"저건 태양이 아니야!"

모용척과 무명고검 역시 뒤늦게 눈치채고 경악에 찬 표정이 되었다.

"설마 여태까지 태양을 가리고 있었던 것인가?"

"어떻게 이런 일이 벌어질 수가……."

제갈약란이 신녀송의 현을 맹렬하게 탄지했다.

디링! 디리리리리링!

모용척과 무명고검이 검을 뽑아 들었다. 미리 검을 뽑지 않았던 걸 후회하면서 그리했다.

그러자 일순 다시 모습을 드러낸 태양!

빛의 폭발!

평소와 다른 붉은빛이다. 수백 명분의 피를 한껏 흡입한 붉은색 태양이 이글거리며 떨어져 내렸다. 비무대 위에 품 자 형태로 선 세 명의 절대 고수를 향해 일직선으로 내려 꽂혔다. 마른하늘에 떨어져 내린 날벼락처럼!

번쩍!

제갈약란, 모용척, 무명고검 역시 당하고만 있진 않았 다.

품 자 형태를 굳힌 상태에서 그들은 일제히 붉은 번개에 맞서 갔다. 당대 제일을 다투던 자들이 은연중 힘을 합했 다. 그럴 수밖에 없을 정도로 심각한 상황임을 인식한 게 분명했다.

"악!"

모용경이 비명과 함께 뒤로 나뒹굴었다.

어느새 손에 쥐고 있는 검은 부러져 반 토막밖엔 남지 않았다. 갑자기 하늘에서 떨어져 내린 붉은 벼락에 박살 난 비무대에서 튀어나온 파편을 검으로 막다가 내상을 당 해 버렸다. 비무대에서 꽤나 멀리 떨어져 있었음에도 그렇 게 되고 말았다.

그렇다면 그녀와 함께 하고 있던 자들은?

끝내 손에서 놓지 않은 검에 의지한 채 신형을 일으켜

세우던 모용경의 얼굴이 딱딱하게 굳었다. 아수라장의 한복판에서 아직 살아 숨 쉬고 있는 게 그녀 자신밖엔 없음을 눈치챈 때문이다.

'전……멸을 당했단 건가?'

납득할 수 없는 결과다.

전혀 받아들일 수가 없었다.

그래서 그녀의 시선이 빠르게 폭발의 근원인 비무대—과거 비무대였던—를 향했다.

그러자 드러난 거대한 폐허!

여전히 어둠 속에 파묻혀 있는 그곳은 현재 신화 속에서나 봤을 법한 용쟁호투가 벌어지고 있었다. 천하를 뒤덮을 듯 거대한 검은 날개의 펄럭임 속에서 제갈약란, 모용척, 무명고검이 필사의 사투를 벌이고 있는 것이다.

덕분에 그들의 주변에 모여 있던 군웅 중 상당수는 아직 생존한 상태였다. 오히려 밖에서 경계 경비에 들어갔던 자들의 피해가 더욱 극심해 보였다.

그때 상황 파악에 열을 올리고 있던 그녀의 곁으로 몸의 반신이 피투성이가 된 제갈종호가 다가왔다.

"총대주, 무사하셔서 다행이오."

"제갈 대주, 그 팔은……."

제갈종호가 자신의 잘린 오른쪽 팔을 바라보곤 씁쓸하게 웃어 보였다.

"총대주와 달리 검을 지킬 능력이 되지 못했소."

"……지혈은 확실히 했겠지요?"

"당장 죽지는 않을 것이오."

"확실하게 지혈하세요. 내게는 제갈 대주가 필요해요."

"알겠소."

제갈종호가 안색을 굳힌 채 잘린 팔 부근의 혈도를 꼼꼼하게 봉맥했다. 모용경이 한 말의 의미를 알았기 때문이다.

그러자 모용경이 주변을 둘러보고 말했다.

"생존자는 우리뿐인가요?"

"그런 것 같소."

"그렇다는 건 다른 외부 세력의 개입은 없었다는 뜻이로군요."

"어째서 그리 판단을 내린 것이오?"

"다른 외부 세력이 개입했다면 우리를 제일 먼저 죽였을 테니까요. 시간차 공격이라 해도 이렇게 큰 피해를 입힌 후 별다른 후속 조치가 취해지지 않는다는 건 병가의 도리를 크게 어기는 셈이에요."

"병가의 도리……."

"그런 것이 필요 없는 싸움이라 생각하는 건가요?"

"……아니라 생각하는 것이오?"

"아니요. 나도 동의해요. 그래서 우리에게도 약간이나마 승기를 잡을 수 있는 기회가 있는 거고요."

"승기를 잡을 수 있는 기회?"

"그래요. 곧 창천검무대가 참전할 거예요. 그럼 그들과 함께 내가 저 마물을 향해 일제 돌격을 감행할 작정이에요. 그 사이 제갈 대주는 아직 생존해 있는 군웅들을 무림맹 밖으로 피신시키도록 하세요."

"그런 것으로 저 마물을 이길 수 있겠소?"

"창천검무대에는 상당량의 화탄이 있어요. 전원이 가지고 있는 걸 한꺼번에 쏟아 낸다면 필경 효과가 있을 거예요."

"옥쇄를 할 작정이시오?"

"더 나은 생각이 있나요? 정파 제일의 고수인 세 분 선배께서 지금 저 마물을 향해 연수합공을 하고 있어요. 그게 뭘 의미하는지 모르진 않잖아요?"

"그럼 내가 총대주 대신 창천검무대를 지휘하겠소."

"그건 안 돼요."

"하지만……."

"안 된다고 했어요! 창천검무대는 내 전우예요. 그들과 생사를 함께할 사람은 오로지 나밖엔 없어요!"

어느 때보다 단호한 모용경의 말에 제갈종호가 안색을 굳힌 채 군례를 취해 보였다.

무림맹의 총대주가 내린 첫 번째 명령이다!

따르지 않을 도리가 없다.

반드시 그래야만 한다고 생각했다. 여인으로서의 그녀를 마음속에서 거두면서 말이다.

그렇게 총총히 떠나가는 제갈종호를 눈으로 배웅한 모용경이 주변에 나뒹굴고 있는 검을 집어 들었다. 얼마 전까지 주인이었던 자의 핏물을 흥건하게 빨아들인 손잡이.

코끝을 감도는 아릿한 피 내음을 묵묵히 들이키며 모용경이 냉철하게 비무대 중심부의 대혈투를 바라봤다. 시시각각 변하는 그곳의 싸움을 예의 주시하며 창천검무대의 도착을 기다리고 있었다.

그렇게 얼마나 지났을까?

두두두두두두!

익숙한 진군 소리와 함께 피에 젖은 검을 늘어뜨리고 있는 그녀의 배후로 창천검무대가 모습을 드러냈다. 백전을 치른 부대답게 움직임이 은밀하면서도 신속하다.

한데 반갑게 그들을 맞이하던 모용경의 안색이 가볍게 변했다. 전혀 예상 밖의 인물을 발견했기 때문이다.

"소 대주님……."

"여어!"

"……당신이 어떻게 이곳에?"

모용경을 향해 손을 들어올린 소진엽이 히죽 웃어 보였다. 예전 창천검무대를 이끌던 대주 시절, 부관이자 부대

주인 모용경을 대하던 때와 다름없는 표정이었다.

"모용 부대주, 그동안 창천검무대를 잘 이끌었더군. 내 예상보다 훨씬 강병이 되었어."

"부대주? 그게 무슨 뜻이죠?"

"이제 창천검무대를 다시 내가 맡겠다는 거야. 모용 부대주와 함께 말이야."

"……."

모용경이 기가 막힌 표정이 되었다.

마음이 심하게 혼란스러웠다.

느닷없이 창천검무대를 자신에게 떠넘겼던 사람이다. 사천에서 자신을 마도인이라 주장했던 사람이다. 다시는 정파로 돌아오지 않겠다고 했던 사람이다. 그래서…… 오랫동안 자신을 절망에 빠뜨렸던 사람이다.

그랬던 사람이 지금 뻔뻔스런 표정을 한 채 눈앞에 서 있었다. 방금 전까지 생사를 함께 하려 했던 전우들을 아무렇지도 않게 가로채 가겠다고 하고 있었다.

우득!

자연스럽게 주먹에 힘이 들어간다.

혼란이 가시자 그 빈자리를 분노가 채웠다.

여전히 웃는 낯인 소진엽의 얼굴을 향해 주먹이라도 날리고 싶었다. 그래야만 오랫동안 가슴속에 응어리져 있던 울분이 조금이나마 풀릴 것 같았다.

그래서였을까?

문득 능글맞은 미소를 거둔 소진엽이 정색을 하고 말했다.

"한 대 때릴래?"

"그 정도로 끝날 것 같나요?"

"아니."

"그럼 설명해 보세요! 어째서 이런……."

"그건 나중으로 미뤄야 할 것 같군. 잠시만 창천검무대를 맡고 있어 줘."

"……아!"

모용경이 뭐라 다시 소진엽에게 소리를 지르려다 가볍게 탄성을 발했다.

스슥!

문득 그녀의 눈앞에 서 있던 소진엽의 모습이 흐릿하게 변했다. 눈으로 따르지 못할 정도로 고속의 움직임이다. 마치 갑자기 자취를 감춰 버린 것이나 다름없다.

'소 대주님, 무공이 더욱 고강해졌구나! 그동안 어느 정도는 차이를 좁혔다고 생각했었는데…….'

모용경이 내심 경악하며 전력을 다해 소진엽의 자취를 쫓다가 고개를 저었다.

역부족이었다.

전혀 파악할 수 없었다.

다시 창천검무대로 복귀한 대주 소진엽의 진정한 움직임을 말이다.

스으—팟!

순간 일보단천지로에 들어간 소진엽의 신형이 고무줄처럼 늘어났다.

물론 진짜 그런 것은 아니다.

그렇게 보일 정도로 빠르게 신형을 날렸다는 거다.

그 속도는 거의 일보삼장세에 비견할 만하다. 극히 짧은 거리를 이동할 때와 같은 빠른 속도로 수십 장이 넘는 공간을 뛰어넘었다는 뜻이다.

당연히 이유가 없을 리 만무하다.

그가 순식간에 공간을 단축시킨 장소는 다름 아닌 얼마 전까지 비무대였던 폐허의 주변이었다. 여전히 많은 군웅들이 남아서 우왕좌왕하고 있는 모습이 눈에 들어온다. 삼인의 절대 고수가 마신이 된 담대광을 연수합공 하고 있는데도 불구하고 도주조차 못하고 있는 것이다.

이유는 자명하다.

그들은 현재 도주하고 싶어도 할 수 없는 상태였다.

기괴하고 역한 검은 기운!

삼 인의 절대 고수와 뒤엉켜 있는 담대광에게서 뻗어 나온 검은 날개가 주변을 가득 메우고 있었다. 그 날개가 흡사 거대한 그림자처럼 주변에 모여 있던 군웅들을 옭아매 났다.

팟! 파팟!

소진엽이 자신에게도 다가들기 시작한 검은 기운을 태극무한신공으로 밀어냈다.

이곳으로 향하던 중 일단의 흉신악살들에게 몰살당하기 직전에 처했던 창천검무대를 만났을 때와 같다. 마기에 홀려서 정신을 잃어버린 그들을 제압하기 위해 그는 태극무한신공을 거의 극성까지 발휘해야만 했다.

현 상황 역시 비슷하다.

그가 은연중 상단전에 모여 있던 태극무한신공을 인당혈을 통해서 쏟아 냈다.

푸르고 맑은 뇌전!

그리고 태극무한신공 특유의 강력한 정신 통제력이 발휘되었다. 그의 주변에서 검은 기운에 얽혀 허우적대고 있던 군웅 몇 명의 정신을 회복시킨 것이다.

"이, 이게 무슨……."

"어떻게 된 거지? 이게 무슨 일이야!"

당혹감에 소리를 질러 대는 군웅들의 뒤통수를 소진엽이 후려쳤다.

퍽! 퍽퍽!

발도 놀지 않는다.

허리 중간쯤을 노린 채 내지른다.

그렇게 정신을 회복한 군웅들의 시선을 자신 쪽으로 잡아끌어, 그들이 공황에 빠지지 않게 했다.

"당장 이곳에서 빠져나가!"

"……."

"절대 뒤를 돌아보지 말고 달려!"

"……."

소진엽은 더 이상 말하지 않았다. 그럴 시간이나 여유가 없다고 여겼기 때문이다.

슥!

대신 그는 다시 공간을 이동해 동일한 방법으로 군웅들을 검은 기운에서 벗어나게 했다. 태극무한신공을 극한까지 일으켜서 군웅들을 조금이라도 더 이곳에서 벗어나게 하기 위해 힘을 썼다.

정의감?

인명 존중 사상?

전혀 아니다. 애초에 그런 것에 신경 쓸 이유가 없다. 자신과 관계없는 상대에게 관심 따윌 기울일 만큼 한가한 상황이 결코 아니었다.

소진엽을 움직이게 한 건 예감이었다.

불길한 감각이었다.

곧 이 장소를 뒤덮고 있는 검은 기운이 지금까지와 비교가 안 될 만큼 끔찍한 일을 벌일 거란 확신이었다.

'그러니 그러기 전에 한 사람이라도 더 이곳에서 물러나게 해야 한다! 다름 아닌 사부님과 싸워야 하는 상황에서 또 다른 불안 요소를 남기는 일은 절대로 사양이니까 말이야!'

펄럭!

그때 담대광의 검은 날개가 한차례 날갯짓을 했다.

거대한 그림자로 다시 하늘을 가리더니, 새로운 변화를 일으켰다.

"으헉!"

"크아아악!"

"크카카카카캇!"

검은 기운에 옭아매어져 있던 군웅들이 답답한 신음을 흘리면서 흉신악살같이 변했다. 전신이 검게 물든 채 지옥에서 지금 막 뛰쳐나온 듯이 악기와 마기를 마구 쏟아 내기 시작한 것이다.

"이렇게 된 것이었군!"

소진엽이 창천검무대를 만나기 전 느꼈던 일련의 사건을 떠올리곤 눈살을 살짝 찌푸렸다.

역시 불안한 예감은 빗나가지 않는다.

그것도 꽤나 안 좋은 쪽으로 실현되었다.

삽시간에 주변이 온통 흉신악살들로 가득해졌다. 그것

들은 태극무한신공에 의해 정신을 회복한 군웅들에게 마구 달려들어 공격해 대고 있었다. 창천검무대를 공격하던 자들과 마찬가지로 이성 따윈 조금도 남아 있지 않은 듯했다.

그리고 그때 가까이에 있던 흉신악살 하나가 소진엽에게 달려들었다.

"카악!"

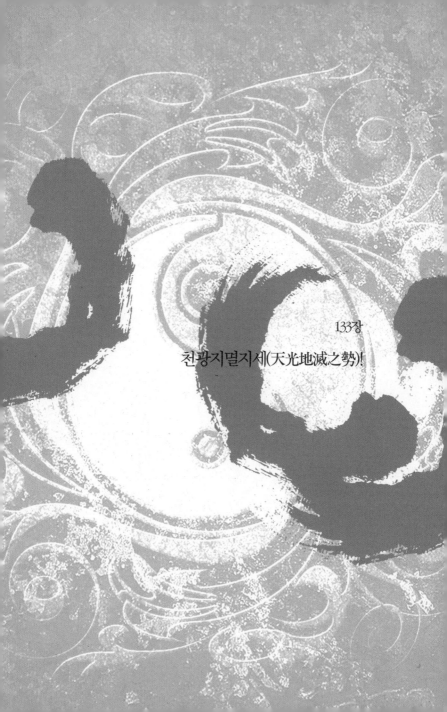

133장

천광지멸지세(天光地滅之勢)!

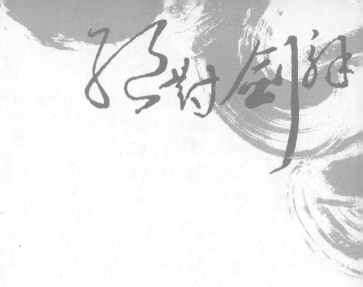

퍼퍽!

엉겁결에 수장을 뻗어 자신을 공격한 흉신악살을 제압한 소진엽의 표정이 가볍게 변했다.

"너는……."

"크르!"

"……망할!"

소진엽이 바닥에 발랑 드러누운 채 가쁜 숨을 헐떡이는 모용유를 보고 욕설을 내뱉었다.

"카아!"

"크아아!"

태극무한신공의 영향으로 마기가 약화된 모용유를 향해 몇 명의 흉신악살이 달려들었다.

그녀를 다른 군웅처럼 물어뜯으려 했다.

흡사 강철로 된 갈고리와 같이 변한 양손으로 갈기갈기 찢어발기려 했다.

물론 소진엽이 이를 그냥 놔둘 리 없다.

"지랄들 한다!"

다시 욕설을 입에 담은 그의 권각이 번개같이 움직여 흉신악살들을 날려 버렸다.

번쩍!

그리고 다시 빛을 발한 인당혈!

사삭! 사사사삭!

그의 주변으로 모여들던 다른 흉신악살들을 뒤로 물러나게 한다. 감히 부근으로 다가들지 못하고 다른 먹잇감을 찾아 떠나가게 한다.

그렇게 얻은 잠시간의 여유를 소진엽은 헛되이 사용하지 않았다.

파팟! 팟!

그가 태극무한신공을 집중해 모용유의 몸속에 집어넣었다. 그렇게 함으로써 그녀의 몸속에 침투한 마기를 압도적인 힘으로 밀어냈다.

"으으!"

모용유가 나직한 신음과 함께 힘겹게 눈을 떴다. 몇 번이고 떨리는 눈꺼풀을 겨우 들어 올린 그녀가 흔들리는 시선으로 소진엽을 올려다본다.

"어, 어떻게 된 거예요?"

"어디까지 기억나지?"

"그게……."

모용유가 말을 잇던 중 인상을 찡그려 보였다. 짧은 순간 기억이 뒤섞여서 혼란에 빠져 버린 것이다.

'역시…… 현재 내 능력으론 여기까진가?'

소진엽이 면밀하게 모용유의 표정 변화를 살피다 내심 눈살을 찌푸렸다.

잠시뿐이다.

곧 다시 태극무한신공을 모용유에게 불어넣어 준 그가 신중하게 말했다.

"움직일 수 있겠어?"

"……당연하죠!"

"그럼 지금 당장 이곳을 빠져나가!"

"싫어요!"

"뭐?"

비무대였던 폐허의 중심으로 슬쩍 시선을 던진 모용유가 아랫입술을 깨물고서 말했다.

"나는 모용가의 사람이에요! 할아버님께서 생사혈투를

벌이고 있는데 나 혼자 도망갈 생각은 없어요. 그리고 그건 아경 언니도 마찬가지일 거예요. 그러니 당신이 할아버님을 지켜 주세요. 그분을 살려 주겠다고 내게 약속해 주세요."

"내게 그 정도의 능력이 있다고 생각하는 거냐?"

"물론이에요."

"과대평가다."

"나는 그렇게 믿어요. 아경 언니도 그럴 거고요."

"……"

소진엽이 쓴웃음과 함께 손을 내밀어 모용유의 머리를 가볍게 눌렀다.

"그러니 당신은……."

"거기까지만!"

소진엽의 단호한 중얼거림과 함께 모용유가 의식을 잃고 바닥에 풀썩 쓰러졌다. 또다시 주입된 태극무한신공에 영육, 모두가 짓눌려 버린 것이다.

그런 후 돌려진 소진엽의 시선!

모용유를 경악과 공포로 밀어 넣은 공전절후의 대혈전을 향한다. 정파 십이세 중 삼 인의 절대 고수가 연수합격을 펼치고도 점차 수세에 몰리고 있는 믿기 힘든 광경이 펼쳐지고 있었다.

'사부……. 쓸데없이 너무 강한 거 아닙니까? 이런 말도 안 되는 신위를 보고 제자로서 그냥 물러설 순 없지 않겠습니까? 당신에게 그렇게 교육받지 않았으니까요!'

담대광에게 받은 교육은 다름 아닌 철저한 약육강식! 이길 기회를 결코 놓쳐선 안 되는 마도의 방식! 승부를 걸어야 할 때 망설이지 말라는 철혈의 율법!

소진엽은 잊지 않고 있었다.

무수히 많은 혈전을 통해 몸속 깊숙이 체득하고 있었다. 무조건적인 본능으로 각인시켜 놓았다.

승부의 때!

결전의 때!

바로 지금이었다.

결코 놓쳐선 안 될 순간이었다.

슥!

그래서 소진엽은 망설이지 않았다.

그는 모용유의 몸속에 다시 한 차례 태극무한신공을 불어넣어 흉신악살들을 물러나게 한 후 지축을 박찼다. 하늘로 날아올랐다. 삼 인의 절대 고수를 압도적인 마기로 밀어붙이고 있는 담대광의 배후를 향해 한줄기 푸른 뇌전이 되어 날아갔다.

*　　　*　　　*

"우왓!"

휘하의 뇌왕열화병단과 헤어져 항주에 침입한 진여상은 자신도 모르게 입을 가볍게 벌렸다.

그럴 수밖에 없었다.

평생 본 것보다 훨씬 황당한 기변이 현재 그녀의 눈앞에서 벌어지고 있었다. 그냥 보아넘길 수 없을 만큼 말도 안 되는 일이 말이다.

"크아아!"

"우와아아앗!"

"크카카카카캇!"

안색이 검게 물든 괴인들이 울부짖는다.

피에 굶주려 사방에서 날뛰어 댔다. 아무거나 물어뜯고 서로를 공격해 댔다.

그러다 그들 중 몇이 진여상을 발견했다.

그냥 지나칠 리 없다.

"우허엉!"

"크어억!"

두 눈 자욱하게 깃들어 있던 혈광을 있는 대로 뿜어내며 괴인들이 진여상에게 달려들었다.

퍽! 콰득!

진여상의 화신탄이 벼락같이 움직였다. 자신을 향해 달

려든 괴인들을 순식간에 때려눕혔다.

그러자 그들을 향해 달려드는 다른 괴인들!

"우득! 우득!"

"와득! 와드드드득!"

십수 명이 넘는 괴인들이 포식자가 되었다. 방금 전까지 자신들과 그다지 다를 것이 없던 동료들을 마구 물어뜯었다. 씹어 삼켜 댔다.

"미친!"

진여상이 저도 모르게 치를 떨었다.

온몸에 소름이 돋는다.

마도십가에서도 손꼽히는 여걸인 그녀로서도 눈앞의 끔찍한 참경은 그냥 보아 넘기기가 어려웠다. 그 정도로 끔찍한 마도(魔道)가 펼쳐지고 있었다.

그러나 그것도 잠시뿐.

곧 가문의 마신마강기를 극성까지 일으켜 자신을 노리며 달려들던 괴인들을 연달아 불덩이로 만든 진여상이 십지 가득 화신탄을 만들어 냈다.

그리고 화신탄을 한곳에 집중시켰다.

화신탄이 가장 많은 괴인들이 집결해 있는 장소를 화끈하게 격타했다.

푸화악!

불꽃이 인다.

단기간에 걸친 화신탄의 집중으로 인해 십자포화가 생성되었다.

일점 집중이다.

그렇게 화신탄의 위력이 극대화되었다.

일견하기에도 백여 명이 넘던 괴인들을 한꺼번에 쓸어버렸다. 불구덩이로 만들었다.

스으―팟!

그렇게 만들어진 불의 길로 진여상이 뛰어들었다. 전력을 다해 신형을 날렸다. 자신이 만들어 낸 지옥의 화염이 형성시킨 탈출로를 적극적으로 활용한 것이다.

그렇게 얼마나 달렸을까?

어느 결엔가 걸음을 멈춘 진여상이 다시 입을 벌렸다. 암흑에 잠겨 있는 세상 속에서 홀로 빛을 발하고 있는 거대하고 불길한 붉은색 대문을 발견했기 때문이다.

아니다.

착각이었다.

사실 진여상이 붉은색 대문이라 생각했던 건 일종의 환각이었다. 정신을 집중해 노려보자 곧 형태가 바뀌었다. 무수히 많은 시체들로 형성된 마문(魔門)이 눈앞에서 커다랗게 입을 벌리고 있었다.

그리고 그 마문 속에서 계속 괴인들이 기어 나오고 있었다.

생기를 잃어버린 눈.

흐느적거리는 걸음걸이.

어느 하나 평범한 인간이라 할 수 있는 모습이 남아 있지 않았다. 항주의 초입에서 만났던 괴인들과 비교해도 더욱 형편없는 모습이었다.

그러나 곧 사정이 바뀌었다.

"우워!"

"우워어어어!"

그들 중 일부가 진여상이 발산하고 있는 생기를 발견하고 울부짖기 시작했다. 마치 자신들이 잃어버린 '어떤 것'을 되찾고 싶기라도 한 것처럼 비통한 소리를 내었다.

그게 신호였다.

언제 흐느적거리고 있었냐는 듯 괴인들이 맹렬한 기세를 품고 진여상에게 달려들었다.

'뭐, 뭐야! 앞서 봤던 놈들과는 비교도 되지 않는 속도잖아……!'

진여상이 대경해서 마신마강기를 더욱 강하게 일으켰다. 일시 자신을 향해 달려든 괴인 중 몇을 놓쳤다.

펑! 퍼퍼펑!

과연 그 사이 괴인 중 몇이 진여상에게 부딪쳤다가 바깥으로 나뒹굴었다. 마신마강기의 반탄지력에 휘말려서 달려들 때와 비슷한 속도로 튕겨 나갔다.

평범한 사람이라면 골육이 산산조각 나 즉사했을 터.

괴인들에겐 별다른 타격이 아니었던 것 같다.

꿈틀! 꿈틀!

바닥에 나뒹굴었던 괴인들이 다시 신형을 일으켜 세웠다. 몸의 이곳저곳에 불이 붙고, 근골이 비틀려져 있긴 하나 움직이는 데 큰 문제가 있어 보이진 않는다.

"이 괴물 놈들이!"

진여상이 천마신교의 전설이라 할 수 있는 천마강시를 만난 것 같은 표정이 되어 입에 욕설을 매달았다. 자신을 향해 눈을 빛내기 시작한 괴인들의 숫자가 나날이 불어나고 있었다. 진심으로 공포스러운 광경이 아닌가.

게다가 어느새 포진까지 이루기 시작한 괴인들!

퇴로까지 막아 버린 괴인들의 기민한 움직임에 진여상이 아랫입술을 깨물었다. 비로소 항주 초입에서 발견했던 자들과 현재 괴인들의 차이를 눈치챈 때문이다.

'이들은 이런 꼴이 되기 전에 무인이었을 거야. 그래서 이렇게 기민한 움직임과 포진을 할 수 있는 거야. 그렇다면 저 끔찍한 마문 안쪽에 뭐가 있을지 대충 짐작이 가는군. 하지만 그 전에 내가 살아남을 수 있긴 할까?'

의문이다.

그것도 꽤 심각한 고뇌를 부르는 문제였다.

그러나 그쯤에서 그녀는 생각을 멈추었다. 어쩔 수 없이 그리되었다.

포진(布陣)의 완성!

아니, 막 그러기 직전이었다.

더 이상 시간을 끌었다간 목숨을 부지하기 어려우리라.

그 같은 판단과 함께 진여상이 신형을 돌려 세우려다 마음을 바꿨다.

마문!

그 안쪽에서 움직이고 있는 꽤 익숙한 사람의 그림자를 발견했다. 그냥 지나칠 수 없었다. 그러기엔 어느 결엔가 그녀의 인생 중 상당한 부분을 차지한 인물이었기 때문이다.

'어째서 이런 곳에서 재회하게 된 거야!'

내심 왈칵 교갈을 터뜨린 진여상이 다시 양손 가득 화신탄을 집중한 채 마문을 향해 돌격했다.

십자포화!

그녀가 일으킨 화신의 불벼락에 마문의 일각이 뒤흔들렸다. 외부의 침입을 허용하고 만 것이다.

"으아아! 으아아!"

적운은 미친 듯 검을 휘두르고 있었다.

검광이 사방으로 날아갔다.

반쯤 광기에 찬 상태라곤 하나 무당파 태극검수의 수장

다운 정심한 검기다. 검광이다. 검로였다.

그렇게 그는 사방에서 덤벼들고 있는 흉신악살의 괴인들을 검으로 쪼개 가며 신형을 날리고 있었다. 사부 신산진인의 시신을 보존하기 위해 최선을 다했다.

그러다 벽에 부딪쳤다.

엄청난 숫자의 괴인들이 갑자기 포진을 이룬 채 무지막지한 압박을 가해 왔다. 그의 진행 방향을 강제적으로 바꾸더니 다른 쪽으로 마구 밀어내기 시작한 것이다.

그게 적운을 더욱 미치게 만들었다. 돌아버리게 했다. 사부 신산진인의 죽음으로 인해 흐트러진 심신이 이성적인 판단을 내리는 걸 방해했다.

"죽어라! 죽어라! 죽어라!"

적운의 검은 어느새 무당지검이 아니라 천사련의 탄검기를 뿌려 대고 있었다. 정공이 흐려지고 사공이 빛을 발했다. 주위에 가득 찬 검고 사악한 기운에 물들어 가기 시작했다. 그렇게 주변을 가득 메운 흉신악살의 괴인들과 같은 길을 걸어가려 하고 있었다.

한데 갑자기 광란 상태에 빠져 있던 적운의 눈 속으로 강렬한 불꽃 하나가 파고 들어왔다.

찰나간이다.

어둠을 가르는 섬광이나 다름없었다.

하나 정심이 사그라지고, 마성이 점차 위세를 더해 가고 있던 적운에겐 구원이나 다름없었다. 통렬한 일격이었다. 하늘에서 떨어져 내린 벼락과도 같은 충격이었다.

푸아악!

그와 함께 맹렬한 불꽃이 주변을 불태웠다. 적운 주변에 인(人)의 벽을 쌓고 있던 흉신악살의 괴인들을 모조리 잿더미로 만들었다.

그와 함께 모습을 드러낸 한 명의 가인(佳人).

긴 머리로 섬세한 옥용의 절반가량을 가린 진여상이 냉철한 눈빛을 적운에게 던졌다.

"미친 자식!"

"지, 진 소저……."

"날 알아보는 걸 보니, 아주 미친 건 아니었나 보네?"

"……어떻게 이곳에?"

"지금 중요한 건 그게 아니라 당장 이 지옥에서 빠져나가는 일 같은데?"

"그럴 수는 없소."

"어째서?"

"본파의 제자들을 구해야 하기 때문이오."

"이 지옥에서?"

"그렇소. 사부님께서 돌아가신 이상 내가 본파의 제자들을 책임질 수밖에 없소."

"그럴 능력은 되고?"

"……."

잠시 침묵한 적운이 굳은 얼굴을 한 채 말했다.

"내겐 그런 능력이 없소."

"다른 사람에겐 있다는 것처럼 들리는데?"

"그렇소."

"누구지?"

"그건……."

적운이 대답을 하려다 눈살을 가볍게 찌푸려 보였다.

암천(暗天)!

태양조차 가려 버린 거대한 검은 날개 사이로 갑자기 흐릿한 태양빛이 튀어나왔다.

수백 가닥의 광선이 대지로 떨어져 내렸다.

"크오!"

"크아아!"

"우와아아악!"

흉신악살로 변한 괴인들이 괴로움에 비명을 터뜨렸다. 검은 날개 사이를 비집고 튀어나온 광선에 스친 것만으로도 자지러지는 비명을 터뜨렸다.

그리고 지진을 만난 듯 뒤흔들리기 시작한 대지!

"아!"

일시 몸의 균형을 잃어버린 진여상이 적운의 품에 안긴 형상이 되었다.

어쩌다 보니 그리되었다.

"진 소저, 괜찮소?"

"……."

염려 섞인 적운의 말에 안색을 가볍게 붉힌 진여상이 새침하게 말했다.

"자기 자신을 걱정하는 편이 더 나을 것 같은데?"

"……."

"언제까지 날 안고 있을 작정이야?"

"죄, 죄송하게 되었소."

적운이 당황한 표정으로 진여상에게서 떨어졌다. 그러자 더욱 새침한 표정이 된 진여상이 검은 날개가 시작된 방향을 손가락으로 가리켰다.

"저쪽에서 모든 게 시작된 것일 테지?"

"그렇소."

"그럼 뭘 망설여?"

"무슨?"

"가자고! 가서 무슨 일이 벌어지고 있는지 확인하자고!"

"……."

침묵 속에 감동한 표정이 된 적운을 진여상이 냉소와 함께 외면했다. 쑥스러웠다. 이런 식으로 자신을 대하는 사내는 처음이었기 때문이다.

그때 다시 검은 날개가 맹렬하게 펄럭거렸다.

이변!

더욱 심해지고 있었다.

어쩌면 사태는 절정을 향해 치달리고 있을지도 모르겠다.

"늦기 전에 어서 가자!"

"알겠소!"

진여상이 먼저 달리자 적운이 얼른 그녀의 뒤를 따랐다. 사부 신산진인을 죽인 소진엽을 떠올리면서.

*   *   *

"아!"

후방에서 신녀송을 탄주하고 있던 제갈약란이 나직한 신음과 함께 피를 토해냈다.

혈화!

주변을 가득 메우고 있는 검은 마기의 한켠에 아름다운 자수를 놓는다. 선홍빛 입술을 뚫고 튀어나와 점점이 허공 위로 뛰어 노닌다.

잠시뿐이다.

곧 붉은 꽃잎들이 한쪽으로 빨려 들어갔다.

순간적으로 공중에서 멈칫거리더니, 담대광이 활짝 펼치고 있는 검은 날개로 흡수되었다. 여태까지 그녀를 보호하느라 무수히 많은 부상을 당한 검왕 모용척, 무명고검 때와 마찬가지로 말이다.

당연히 그 뒤 벌어진 일 역시 비슷하다.

"윽!"

피를 빼앗긴 것과 동시에 제갈약란은 극통을 느끼며 뒤로 주춤주춤 물러섰다. 느닷없이 극렬한 마기가 몸속으로 침습해 들어왔기 때문이다.

그러나 그녀는 당대 제일의 파사지기를 지니고 있었다.

이미 몇 차례나 모용척, 무명고검이 담대광의 마기에 현혹되려는 걸 막았던 터. 자신에게 일어난 마기의 침입에도 곧 적절한 대응을 보였다.

디링!

다시 신녀송이 벽사신음을 일으켰다. 여태까지 모용척, 무명고검에게 집중시켰던 파사지기를 자신 쪽으로 되돌렸다. 그렇게 함으로써 몸속으로 파고든 마기를 단숨에 밖으로 배출시켰다.

그러자 갑자기 전황이 급변했다.

완전히 바뀌었다.

"헉!"

"크헉!"

어렵게 어렵게 담대광의 파천지세라 할 만한 공격을 방어해 내고 있던 모용척, 무명고검이 동시에 피투성이로 변했다. 삽시간에 수천 개가 넘는 칼날에 난도질당한 꼴이 되었다.

검은 날개!

눈으로 살피기도 어려울 만큼 많은 깃털이 원인이었다. 일시 마룡의 비늘처럼 역린을 일으킨 깃털들이 두 명의 절대 고수를 향해 떨어져 내렸다. 압도적인 위력을 두 사람에게 고스란히 집중시킨 것이다.

그럼에도 두 사람은 버텨냈다.

꿋꿋하게 이겨냈다.

하늘을 뒤덮은 수천 개의 칼날이 만들어 낸 강습으로부터 자기 자신을 겨우 보호했다.

물론 꼴은 말이 아니다.

차마 눈으로 보기 어려울 만큼 흉측하게 변했다. 간신히 목숨만 건졌다고 봐도 무방할 터였다.

그때서야 몸속에 파고든 마기를 몰아낸 제갈약란이 입술을 피가 날 정도로 깨물었다.

'나 때문이다! 나 때문에 간신히 유지되고 있던 양측의 균형이 무너진 거야……'

자책은 길지 않았다.

그럴 수가 없었다. 그런 식으로 감정을 소모할 만한 상황이 아니었기 때문이다.

디링!

디리리리리리리리리리리!

제갈약란이 전력을 다해 신녀송을 탄주했다. 여태까지처럼 모용척, 무명고검을 보조하는 용도가 아니었다. 자신이 직접 전면에 나섰다.

공격이야말로 최고의 방어!

단숨에 빈사 상태에까지 이른 모용척, 무명고검을 구하기 위해 제갈약란은 담대광을 직접적으로 공격했다. 벽사신음에 자신의 모든 공력을 담아서 인세의 것이 아닌 듯한 마기에 정면으로 부딪쳐 갔다.

펄럭!

그녀의 필사적인 의지가 담대광의 반응을 이끌어 낸 것이리라.

온통 모용척, 무명고검을 향해 꼿꼿한 날을 들이밀고 있던 검은 날개가 가벼운 날갯짓을 했다. 흡사 먹이를 노리던 한 마리 독수리가 날개를 접고 지상으로 떨어져 내리기 직전의 모습을 방불케 하는 변화였다.

그것도 잠시뿐.

이윽고 검은 날개의 칼날들이 제갈약란을 향했다. 모용척, 무명고검보다 그녀를 더욱 심각한 위험 요소로 파악한 것이다.

움찔!

제갈약란이 쾌속의 탄주 중 손끝을 가볍게 떨어 보였다.

길고 섬세한 손가락들이 자아내던 완벽한 벽사신음이 순간적으로 흐트러졌다. 그만큼 담대광의 검은 날개가 만들어 낸 변화가 주는 압박감은 엄청났다. 무수히 많은 사마외도와 혈전의 나날을 보내온 제갈약란을 압도적인 공포에 사로잡히게 했다.

그럼에도 제갈약란은 굴하지 않았다.

디링! 디리리리리리리리!

더욱 벽사신음에 전력을 기울이며 그녀는 움직이기 시작했다.

저벅! 저벅! 저벅!

신녀송을 든 채 그녀는 담대광을 향해 천천히 걸어갔다. 그의 검은 날개가 만들어 낸 수천 개나 되는 칼날 속으로 나아갔다. 피투성이로 변해 의식을 잃어버린 모용척, 무명고검을 구하기 위해서.

펄럭!

그게 다시 담대광의 반응을 이끌어 냈다.

태양조차 가려 버린 마계의 검은 날개, 그 자체를 일제히 그녀 자신에게 집중시켰다.

'이게…… 내가 할 수 있는 일의 전부! 내 한 몸을 희생해서 두 사람을 구할 것이다! 정파 무림의 미래를 위해서 반드시 그리할 것이야!'

제갈약란의 아름다운 옥용에 숭고한 기운이 서렸다.

자기희생을 앞둔 자의 모습이다.

강남 무림에 퍼진 그녀의 평판이 결코 거짓이 아님을 알 수 있게 하는 결단이었다.

멈칫!

한데 갑자기 제갈약란이 걸음을 멈췄다.

신녀송과 함께 담대광을 향해 옥쇄하려던 행동을 포기했다.

그리고 가볍게 벌어진 입술.

"아!"

그 순간 그녀를 정면에서 노리고 있던 검은 날개의 수천 개 칼날이 변화를 보였다. 배후에서 갑작스레 파고든 푸른 번개를 향해 방향을 바꾼 것이다.

번쩍!

푸른색 빛의 폭멸!

온통 검은색으로 뒤덮여 있던 세상을 뒤집어 놓는다. 일순간 주위를 이질적인 세계로 만들어 버렸다.

그러나 그것은 단순한 찰나간의 변화!

펄럭!

다시 담대광의 검은 날개가 움직임을 보였고, 순식간에 자신을 뒤에서 공격한 푸른 번개를 삼켜 버렸다. 움켜쥐었다. 수천 개나 되는 칼날을 갈고리 삼아서 휘감았다.

"진…… 엽……!"

제갈약란이 놀라서 비명을 터뜨렸다.

기꺼이 자기 자신을 희생하려 했던 그녀의 숭고한 옥용이 새파랗게 질려 버렸다. 자신을 대신해 담대광의 검은 날개로 뛰어든 사람이 소진엽임을 알아본 까닭이었다.

하나 그때 상황이 다시 급변했다.

펄럭! 펄럭!

놀랍게도 검은 날개가 몇 차례에 걸쳐 움직임을 보였다. 여태까지 본 적이 없던 변화다.

그리고 그와 함께 공중으로 치솟아 오른 인영!

소진엽이다.

그가 여전히 빛을 잃지 않은 푸른 번개에 휩싸인 채 검은 날개로부터 벗어났다. 기적과도 같이 생환했다. 흡사 암흑을 징치하는 빛의 정령이라도 된 것처럼 말이다.

적어도 제갈약란에겐 그리 보였다.

"아……! 아……!"

제갈약란이 혼백이 흩어진 듯한 표정으로 연달아 가쁜 숨결을 토해 냈다. 그녀는 푸른 번개 속에 또렷하게 자리 잡은 소진엽을 주시한 채 열에 들뜬 얼굴이 되어 석상처럼 굳어 버렸다.

그때 또다시 일어난 변화!

빙글!

공중에서 기괴 막측한 회전을 보인 소진엽이 다시 담대광의 검은 날개를 향해 파고들었다.

내리꽂혔다.

천공의 벼락인 단천뢰심강과 함께.

아니다.

허초였다. 속임수였다.

단천뢰심강으로 자신을 노리고 있는 검은 날개의 칼날들을 견제한 소진엽의 인당에서 강렬한 빛이 방출되었다. 검은 날개의 압도적인 방어벽이 허술해진 틈을 타서 담대광의 본신을 태극무한신공으로 직접 타격한 것이다.

인당에서 시작된 황홀한 빛의 방출!

그리고 그보다 더욱 은밀하게 움직인 태극무한신공의 암경이 담대광의 하체로 뻗어 갔다.

하늘의 순천지기(順天之氣)를 이어받은 천광! 땅의 순수한 순연지기(順延地氣)로 형성된 지멸!

— 천광지멸지세!

근래 사부 담대광에 의해 죽임을 당하기 직전에 깨달은 태극무한신공의 총화를 소진엽은 아낌없이 쏟아 냈다. 기적적으로 검은 날개의 방어를 뚫고 근접하게 된 담대광에게 회심의 일격을 가한 것이다.

그러나 그 순간 소진엽을 엄습해 온 불안감!

'아무리 허를 찔렸다곤 해도 사부가 이리 허술하게 자신의 허점을 노출시킬 수 있는 걸까?'

사부 담대광과의 무수히 많은 비무!

가르침을 빙자한 구타!

'천마충천, 사방마계'의 교감 하에 벌였던 혈전들!

그 속에서 얻은 독특한 감각이 최후의 최후라 할 수 있는 순간, 소진엽을 잡아끌었다. 회심의 일격인 천광지멸지세의 합치점을 살짝 비틀어 놨다.

스파앗!

그와 함께 공간을 가른 검은 칼날 하나!

수천 개 중의 하나.

단천뢰심강에 견제당하고 있던 평범한 검은 칼날 중 하나가 사선을 그려냈다. 기이할 정도의 궤적을 만든 칼날은 아무렇지도 않게 소진엽의 회심의 일격이었던 천광지멸지세를 난도질해 버렸다.

푸아악!

소진엽의 가슴에서 핏물이 솟구쳤다.

마지막 순간 급격하게 신형을 이동시켰음에도 검은 칼날의 일격을 완전히 피하진 못했다. 칼날의 끝이 살짝 가슴을 스쳐 갔다. 천광지멸지세의 완성에 자신의 모든 걸 쏟아 낸 상태인 소진엽의 호신강기를 간단히 붕괴시켰다.

당연히 그것만으로 끝일 리 없다.

"크아아아악!"

소진엽은 바닥으로 추락하며 고통스런 비명을 터뜨렸다. 있는 힘껏 소리를 질러 댔다.

마기의 폭주!

태극무한신공에 의해 방어되고 있던 담대광의 극렬한 마기가 소진엽의 몸속으로 파고들었다. 그 자신의 몸속에 잠재되어 있던 신마기를 일깨우고 합체되었다. 몸 전체의 주인을 바꾸는 작업에 돌입한 것이다.

쾅!

그와 함께 소진엽은 바닥에 추락했다. 어떤 방어도 취하지 못한 채 땅바닥에 대자로 뻗었다. 검은 날개의 마기에 동화된 채 그리되었다.

슥!

그때 소진엽에게 제갈약란이 다가들었다. 언제 정신이 흐트러져 있었냐는 듯 결연한 기색을 드러내고 있었다. 소진엽이 즉사했다고 판단을 내렸기 때문이다.

하나 곧 그녀의 표정이 바뀌었다.

'아직 살아 있다! 진엽은 죽은 게 아니야……'

느낄 수 있다. 느껴져 왔다.

땅바닥에 대자로 뻗은 채 마기에 침습당한 소진엽의 가느다란 호흡을. 그의 생명력이 아직 다하지 않았음을. 살기 위한 집념이 아직 남아 있음을.

그게 제갈약란의 표정을 바꿔 놓았다.

원래대로 돌려놨다.

모용척, 무명고검을 구하려 했을 때와 같이.

아니다.

그때와는 다르다.

자기희생을 위한 성녀의 모습이 아니다. 전혀 아니었다.

한 사람의 여인!

오랫동안 마음속에 간직했었던, 그러나 결코 드러낼 수
없었던 소중한 감정……

당당하게 그것을 세상에 드러내고자 함이었다. 한 사람
의 여인으로서 한 사내에 대한 사랑을 헌신으로 드러내고
자 함이었다.

슥!

신녀송을 치켜든 제갈약란이 어느새 자신을 향해 예전
처럼 수천 개나 되는 검은 칼날을 세운 담대광에게 소리쳤
다.

"결코 진엽을 죽게 하지 않을 것이다!"

"……"

담대광은 대답하지 않았다.

펄럭!

여태까지처럼 검은 날개를 움직였다. 수천 개나 되는 검

은 칼날로 소진엽의 앞을 가로막아선 제갈약란을 휩쓸어
갔다. 검은 폭풍을 만들어 냈다.

                    *   *   *

　부르르!
　적운이 갑자기 신형을 멈춘 채 몸을 가볍게 떨어 보이자
뒤따르고 있던 진여상이 의아한 기색이 되었다.
　"무슨 일이에요?"
　"……."
　적운은 대답하지 않았다.
　대신 그는 갑자기 자신의 손발을 눈으로 훑더니, 어깨에
얹어 놨던 사부 신산진인의 시신을 바닥에 내동댕이쳤다.
마치 귀찮은 짐이라도 되는 듯이 험하게 다루었다.
　사삭!
　진여상이 긴장한 표정으로 신형을 뒤로 물렸다. 갑작스
런 적운의 변화에 놀란 것이다.
　적운이 그런 그녀에게 태연하게 말했다.
　"놀라긴!"
　"당신…… 괜찮은 거예요?"
　"전혀 괜찮지 않아."
　"……."

진여상이 적운의 확연히 바뀐 말투에 눈살을 찌푸려 보였을 때였다.

투퍽!

갑자기 신형을 멈춘 그를 노리며 은밀하게 다가들던 흉신악살 몇 명이 권각에 얻어맞고 바닥에 나뒹굴었다. 무당파의 자오원앙각과 진천철장이다.

한데 위력이 놀라웠다.

웬만한 강기공에도 쉽사리 제압되지 않던 흉신악살들이 흡사 돌에 맞은 개구리처럼 뻗어 버린 거다.

아니, 그것만으로 끝이 아니었다.

움찔! 움찔!

적운에게 얻어맞고 바닥에 뻗어 있던 흉신악살들이 몇 차례 경련 끝에 사람으로 돌아왔다. 몸에 침습해 있던 마기로부터 해방되어 본래의 신색을 회복해 갔다.

"어, 어떻게?"

놀란 토끼눈이 된 진여상을 향해 적운이 히죽 웃어 보였다. 짓궂은 짓을 벌이기 직전의 악동과 같은 표정이다.

"별거 아냐. 그냥 역천(逆天)으로 움직이고 있는 기운을 순천(順天)으로 돌려놨을 뿐이니까."

"그건……."

잠시 말끝을 흐린 진여상의 눈이 빛을 발했다.

"……당신이 여기서 미쳐 날뛰고 있는 악귀 같은 자들

을 본래대로 회복시킬 수 있다는 뜻인가요?"

"제법 머리가 좋구나. 뇌왕진천가에서 꽤 괜찮은 인재를 배출했어."

"역시!"

"역시?"

"당신은 적운이 아니로군요? 그렇지요!"

"적운? 아! 천하에 다시없을 바보짓을 한 무당파 말코 녀석의 이름을 말하는 것이더냐?"

"그는…… 그는……."

"그렇게 화난 표정을 지을 것 없다. 내가 적운이란 어린 말코의 몸을 빌린 건 임시변통일 뿐이니까."

"……."

"믿지 못하겠다는 표정이로구나? 뭐, 하긴 무리도 아닐 테지. 제가 마음에 두고 있는 낭군을 걱정하는 건 계집의 당연한 본능이니까 말이야."

"누가 누굴 마음에 두고 있다는 거예욧!"

"부끄러워하긴!"

"부끄러워하는 게 아니에요! 그런 게 아니라구요!"

왈칵 화를 내는 진여상을 향해 적운이 다시 히죽 웃었다. 능글맞은 표정이 어느새 얼굴에 딱 달라붙어 있다.

잠시뿐이다.

곧 미소를 거둔 적운이 이젠 지척이나 다름없어진 검은

날개의 펄럭거림을 눈으로 살폈다.

까닥!

그리고 고개를 한 차례 옆으로 뉘어 보인 그가 뇌까리듯
말했다.

"자식, 분탕질 한번 화끈하게 치는구만!"

"……."

그 말이 끝난 것과 동시였다.

진여상이 뭐라 할 새도 없이 적운이 검은 날개를 향해
신형을 날려 갔다.

속도?

여태까지와 별반 차이가 없다.

무당파를 대표하는 유운신법을 펼쳐서 적운은 검은 날
개를 향해 뛰어들었다.

"가, 같이 가요!"

진여상이 잠시 넋을 놓고 있다 황급히 소리 질렀다. 갑
자기 완전히 다른 사람이 된 적운을 그냥 놓칠 수 없었기
때문이다.

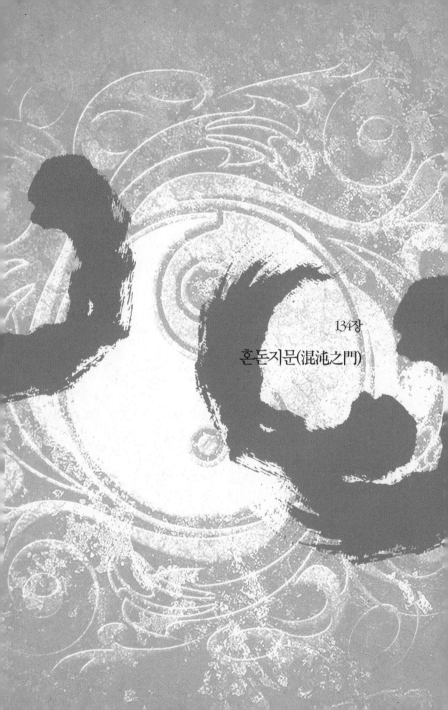

134장

혼돈지문(混沌之門)

얼마나 의식을 잃었던 것일까?

소진엽은 대자로 뻗은 상태에서 천천히 정신을 차렸다. 그와 함께 얼굴로 느껴지는 뜨끈한 기운!

후둑!

후두두두두둑!

착각이 아니다. 점차 확실하게 느껴져 온다. 얼굴 전체로 몇 차례에 걸쳐서 무언가 떨어져 내리고 있다. 화끈한 기운을 전달해 온다. 마치 인두로 지져 대는 것만 같다.

부들!

그래서 갑자기 호기심이 일었다.

자신에게 일어나고 있는 모종의 사태를 확인하고 싶었다. 그래야만 할 것 같다는 생각이 들었다.

'그래, 난 할 수 있다! 난 할 수 있다! 난 할 수 있다! 난 할 수…… 으아악! 모르겠다!'

내심 소리를 지르며 진저리를 친 소진엽이 눈을 떴다. 결심을 망설이던 것과는 달리 눈은 단숨에 떴다. 그렇게 자신이 처한 현 상황을 확실하게 직시했다. 본래 매도 빨리 맞는 게 낫다는 본래의 지론을 실천에 옮긴 것이다.

그러자 모습을 드러낸 참담한 현실!

믿기 힘들다. 믿기 어려웠다.

그래서 그는 몇 차례나 눈을 깜빡였다. 그렇게라도 눈앞의 현실을 부인하고 싶었기 때문이다.

그러나 부질없는 짓이다.

어쩔 수 없는 참혹한 현실만이 눈앞에 머물러 있었다. 백설 같던 얼굴이 피투성이가 된 제갈약란만이 보일 따름이었다.

"으!"

자신도 모르게 앓는 소리를 낸 소진엽을 향해 제갈약란이 손을 내밀었다. 입술 역시 미세한 움직임을 보인다.

"무사했구나……."

"어째서?"

"다행이다. 진엽, 네가 살아 있어서 정말 다행이……우웩!"

"음선 선배!"

소진엽이 자신을 향해 피를 게워 내는 제갈약란에게 손을 뻗었다. 무의식적으로 태극무한신공을 일으켜서 그녀에게 전달해 주려 한 것이다.

그러나 미동조차 하지 않는 태극무한신공!

소진엽의 손은 헛되이 제갈약란의 얼굴을 어루만졌을 뿐이다. 그녀의 얼마 남지 않은 생명력이 몸 밖으로 빠져나가는 걸 막지 못했다. 아무것도 할 수 없었다.

"크아아!"

소진엽이 다시 소리를 질렀다.

악을 썼다.

어떻게든 태극무한신공을 일으키기 위해 전력을 다했다. 제갈약란을 눈앞에서 죽게 놔둘 순 없었다.

그러나 헛된 짓이었다.

무의미한 몸부림이었다.

태극무한신공은 꿈쩍도 하지 않았다. 아예 소멸해 버린 것처럼 소진엽을 배신했다.

꼬옥!

제갈약란이 소진엽의 손을 잡았다. 자신의 피로 붉게 물든 그의 손을 불가사의할 정도의 기력으로 움켜쥐었다. 소진엽이 일시 반광란 상태에 빠지려는 걸 간파한 것이다.

"되었다!"

"음선 선배……."

"나는 이미 천명이 다했고, 너는 최선을 다했음이니. 더이상 무리하지 않도록 하거라."

"……마지막으로 남기실 말씀이 계십니까?"

눈물을 참고 말하는 소진엽을 향해 제갈약란이 담담하게 미소 지어 보였다.

"아리를 부탁한다. 그 아이는 무산신녀궁의 마지막 희망일지니……."

"예."

"단! 아리에게 나처럼 무산신녀궁의 낡은 규율을 굳이 따를 필요는 없다고 전해 주게. 그리할 수 있겠는가?"

"그리하겠습니다."

"그리고……."

잠시 말끝을 흐리고 소진엽을 정한(情恨)이 깃든 시선으로 바라본 제갈약란이 품 속에서 옥기린을 꺼냈다. 전날 소진엽에게 받았던 무산신녀궁의 신병을 돌려주고자 함이었다.

"……이걸 받아 줬으면 하네."

"이건……."

"사양해선 안 돼. 그러면 내 마음이 너무 부끄러워지니까…… 그러니까……."

"······음선 선배님?"

"······."

소진엽의 부름에 제갈약란은 더 이상 대답하지 못했다. 묘하게 곤혹스런 표정과 함께 굳어 버렸다. 숨결이 흩어졌다. 마치 너무 부끄러워 도망이라도 친 것처럼 말이다.

투욱!

소진엽의 눈초리로 한방울의 눈물이 흘러내렸다. 방금 전의 극렬한 격동이 남긴 부산물이었다. 일단 그렇게 생각하기로 했다. 그러지 않고선 아무것도 할 수 없다는 무력감에 미쳐버릴 것만 같았으니까.

하지만 소진엽은 계속 비통해하고 있을 순 없었다.

이곳은 전장!

살아남기 위해선 억지로라도 냉정을 회복해야만 했다. 그래야만 한다고 자기 자신을 채찍질 했다.

"크윽!"

소진엽이 나직한 신음과 함께 이를 악물고 자리에서 일어섰다. 자신을 묘한 자세로 덮치고 있던 제갈약란을 조심스레 한켠으로 밀어내고 다시 전장에 섰다. 땅바닥에 드러누운 채 사부 담대광에게 죽고 싶진 않았기 때문이다.

한데 이상하다.

예상했던 것과 주변 환경이 사뭇 달랐다. 전혀 딴판으로 상황이 전개되고 있었다. 생각했던 것보다 꽤 오랫동안 의식을 잃어버렸던 것일까?

'아니, 그렇진 않은 것 같다. 하늘을 검게 물들이고 있
던 일식 현상이 사라진 걸 제외하면 딱히 주변이 변한 건
없는 것 같으니까……'

그렇다면 원인을 찾아야만 한다. 방금 전까지 무림맹 일
대를 인세의 지옥도로 만들어 놨던 사부 담대광의 마기가
눈에 띌 만큼 약해진 원인을 말이다.

습관적으로 태극무한신공을 일으키려다 내심 쓰게 웃은
소진엽이 열심히 눈알을 굴렸다.

일식이 끝나자 더욱 적나라하게 드러난 무림맹 내부의
폐허 곳곳을 주도면밀하게 살폈다. 무림인이 되기 전, 숭
악 서원의 눈치 빠른 하인일 때로 돌아간 것이다.

그렇게 변화의 원인 지점을 파악했다. 찾아냈다.

'저쪽이로군. 저쪽에서 뭔가 예기치 못했던 일이 벌어지
고 있는 거야……'

내심 중얼거린 소진엽이 잠시 고심하다 천천히 걸음을
옮기기 시작했다.

태극무한신공이 봉인되어 버린 상황!

그 외 여타 무공 역시 사용할 자신이 없는 상황!

그럼에도 그는 이변의 중심으로 나아가는 걸 주저치 않
았다. 제갈약란의 죽음을 목도한 후 마음속 한켠에서 작은
변화가 일어났기 때문이다.

그게 어떤 결과로 나타날까?

누구도 알 수 없는 일이다. 아직은 무엇도 결정되진 않았으니까.

'뭐야? 도대체 뭐가 어떻게 돌아가고 있는 거야? 아니, 그보다 나는 도대체 왜 이런 곳에서 벗어나지 못하고 있는 거야?'

진여상은 연신 스스로에게 자문했다.

지치지도 않고 마구 떠들어댔다. 입 밖으로 내뱉지 못하기에 더욱 격렬하게 그리했다.

하지만 그래 봐야 무슨 소용이 있을까?

작은 계집아이처럼 발을 동동 구르고 있어 봤자 무얼 할까?

정말 분하지만…… 정말로 받아들이고 싶지 않지만…….

이곳, 정파의 무림맹!

마문이 활짝 열어 젖혀져 있던 지옥도의 한가운데에서 현재 그녀가 할 수 있는 일은 아무것도 없었다. 적어도 갑자기 이상해진 적운이 눈앞에서 자취를 감춰 버린 이래로는 그랬다.

그때 반쯤 미쳐 가던 진여상의 눈이 빛을 발했다.

적운에 의해 끝난 일식!

그렇게 적나라하게 모습을 드러낸 무림맹의 폐허 저편

에서 한 명의 사내가 걸어오고 있었다.

피투성이가 된 외양.

전혀 무공의 기운이 느껴지지 않는 움직임.

다른 장소, 다른 상황이었다면 바로 코앞을 지나쳐 가도 관심조차 안 둘 모습이었다. 특별히 취향인 외모도 아니었으니까.

하지만 묘하게도 다소 지친 듯한 얼굴이 눈에 들어왔다. 아주 확실하게 인지되었다.

'신마무적성! 어째서 소교주를 이런 곳에서 발견하게 된 거람? 아니, 그보다 움직이고 있잖아!'

의아함은 곧 놀라움으로 바뀌었다. 뇌리 속에 화인처럼 새겨져 있던 멸천마후 천기신혜의 명령을 뛰어넘을 만큼 소진엽의 등장이 파격적이었기 때문이다.

적운이 끝낸 일식.

그와 함께 일어난 완전무결한 시공간의 정지 현상.

시공간이 철저히 단절되어 있는 현 상황 속에서 세상은 고정되어져 있었다. 적어도 조금 전까지 인세의 지옥도가 펼쳐지고 있던 무림맹 내부는 그러했다.

한데 움직일 수 있다니!

완전무결하게 고정된 세상 속에서 자기 혼자 걷고 있다니!

진여상은 갑자기 짜증스런 표정이 되었다. 자신의 곁을

떠난 적운에게 느꼈던 분노의 상당 부분이 소진엽에게 쏠려 가는 걸 느꼈다.

당연히 표정이나 말투가 고울 수 없다. 왈칵 화난 목소리가 뾰족하게 그녀의 입을 떠나갔다.

"이봐요!"

"……."

"그래요! 거기 당신이요! 당신을 부른 거예요!"

"……."

소진엽이 팔딱거리며 자신을 손가락으로 가리키고 있는 진여상을 뒤늦게 발견하고 눈매를 가늘게 했다. 그 역시 언젠가부터 자신을 제외한 시공간이 완벽하게 정지되어 있다는 걸 눈치채고 있었기 때문이다.

'그런데 드디어 이 같은 상황에 대한 설명을 들을 수 있는 사람을 만나게 된 것인가?'

소진엽은 자문한 후 곧 고개를 저어 보였다.

진여상을 잠시 응시한 후 그녀가 현재 처해 있는 상황을 파악할 수 있었다. 그녀 역시 주변에 완전히 정지해 있는 사람들과 그다지 다를 게 없는 처지임을 말이다.

그나마 좀 다른 점이 있다.

의식이 또렷해 보이고, 목소리를 낼 수 있다. 확실히 확인해 볼 필요는 있을 터였다.

그 같은 생각과 함께 소진엽이 진여상을 향해 걸어갔다.

무공을 사용할 수 없어서일까?

단순히 걷는 것만으로도 체력의 소모가 꽤나 심하다. 그리 멀지 않은 거리인데도 발걸음이 천근만근이다. 마치 몸무게가 몇 배는 늘어난 듯싶다.

그렇게 제법 시간을 투자하고서야 진여상 앞에 도착한 소진엽이 소매로 이마를 훔쳤다. 어느새 땀까지 송골송골 맺혀 있다. 한서불침의 몸이 된 것이 무색한 모습이다.

진여상이 있는 대로 눈살을 찌푸려 보였다.

"신마무적성씩이나 되는 분이 어쩌다 그런 꼴이 된 거죠?"

"날 아나?"

"뇌왕진천가주 진여상이에요."

"아!"

소진엽이 나직한 탄성을 발했다. 마도십가 중 하나인 뇌왕진천가의 전대 가주 진강이 죽었다는 걸 기억해 낸 것이다. 그에 따른 뇌왕진천가의 변화와 함께 말이다.

'진강이 죽은 후 뇌왕진천가의 세력은 감쪽같이 신마성궁에서 자취를 감췄다고 들었다. 소가주 뇌운의 철사자 진여상이 수습했을 거란 얘기는 들었는데, 놀랍게도 이런 곳에서 모습을 드러냈구나!'

내심 염두를 굴리는 소진엽에게 진여상이 말했다.

"현재 뇌왕진천가는 멸천마후님과 함께하고 있어요. 태

상마군과 함께 하고 있는 소교주님과는 적이지요."

"지나치게 솔직하군."

"이런 상황이니까요. 그리고 딱히 멸천마후님께 계속 충성을 바칠 생각 역시 없고요."

"그렇다는 건⋯⋯."

"뇌왕진천가는 이번 천마신교의 패권 싸움에서 철저하게 중립을 지킬 작정이에요. 사실 별다른 영향력을 끼칠 만한 힘도 남아 있지 않고요."

"⋯⋯그렇군."

소진엽이 천천히 고개를 끄덕여 보였다.

물론 그녀의 말을 전부 믿고 있지는 않았다. 필시 상당 부분은 거짓말이리라고 여겼다. 마도인에게 있어서 그런 건 기본 중 기본일 테니까.

진여상 역시 마찬가지다.

소진엽이 자신의 말을 믿지 않는다는 걸 당연하게 받아들였다. 그럼에도 태연하게 말을 이었다.

"그래서 정파 무림맹에서는 지금 무슨 일이 벌어지고 있는 건가요?"

"오히려 내가 묻고 싶은 일인데?"

"그렇게 나오시긴가요?"

"내가 어떻게 나왔다는 거지?"

"나는 모든 걸 털어놨는데, 소교주님은 한 가지도 내놓지 않고 있잖아요! 그렇게 하시는 게 아니죠!"

"내가 털어놓으라고 했었던가?"

"그건 아니지만……."

"그럼 그런 생떼는 그만 쓰지."

"……생떼라니!"

"아니면 계속 그러고 있든지."

"……."

얼굴이 붉어져 있는 대로 성질을 부리려던 진여상이 갑자기 입을 굳게 다물었다. 눈빛 역시 촉촉하게 변한다.

"날 움직이게 할 수 있는 건가요?"

"어쩌면."

"당장 시도라도 해봐요!"

"그 전에 내게 몇 가지 말해 줄 게 있을 텐데?"

"뭘 말하라는 거죠?"

"글쎄?"

어깨를 가볍게 추어 보이는 소진엽의 모습에 진여상이 입을 가볍게 벌렸다. 기가 막혔다. 짜증이 치솟아 올랐다. 평생 살면서 이렇게 사람의 속을 간단히 뒤집어 놓는 사람은 본 적이 없는 것 같다. 얼마 전 뜬금없이 그녀만 놔둔 채 떠나간 적운을 제외한다면 말이다.

'으! 오늘은 내가 정말 재수 옴 붙은 날이로구나! 그렇게 생각하는 편이 낫겠어!'

내심 인상을 써 보인 진여상이 더 이상 소진엽을 떠보는 걸 포기했다. 그에게서 어떤 종류의 정보도 얻어낼 수 없을 것임을 눈치챈 까닭이었다.

그와 그녀!

두 사람 모두 뼛속 깊숙한 곳까지 마도인이었다.

이미 강자와 약자가 정해진 상황에서 불필요한 심계 싸움은 딱히 필요하지 않았다. 의미가 있는 이득을 취할 수 없기 때문이다.

그래서 소진엽은 더 이상 말하지 않았고, 진여상은 계속 화를 낼 수 없었다. 두 사람 모두 굳이 그럴 필요를 느끼지 못했다.

결국 입가에 한숨을 매단 진여상이 못마땅한 표정으로 입을 열었다. 적운과 관련된 이상한 일들에 대해서 털어놓기 시작한 것이다.

*　　　*　　　*

일식의 종식!

그 뒤 발생한 시공간의 정지!

연달아 두 개의 이적을 일으킨 적운은 현재 입가에 빙글거리는 미소를 매달고 있었다. 아주 흥미진진해 보인다. 마치 굉장히 재밌는 놀잇감을 발견한 악동처럼 말이다.

비슷하다.

적운은 정말로 그 같은 생각을 하고 있었다. 자신의 눈앞에서 거친 마기를 계속 뿜어내고 있는 담대광에게 무한한 호기심과 흥미를 동시에 느끼고 있는 것이다.

'재밌구나! 정말 재밌어! 어쩌다 현세에 마계의 문이 열렸는가 싶었는데, 그게 사실은 혼돈지문이라니 말이야!'

혼돈지문!

인세와 마계의 중간에 위치한 완충 지대를 가로막고 있는 문을 뜻한다. 즉, 불가(佛家)에서 말하는 연옥의 문이다.

당연히 그 같은 혼돈지문은 현세에 결코 나타나선 안 된다. 세상의 균형이 깨져 버리기 때문이다. 적어도 후천개벽(後天開闢)의 세상이 도래하기 전까진 말이다.

뭐, 신화적인 측면의 말이다.

각 종교에서 관념적으로 그냥 정해 놓은 이론이란 뜻이다.

쉽게 말해서 현 세상을 살아가는 인간의 관점으로 볼 때, 눈앞의 담대광은 이질적인 존재, 그 자체였다. 세상을 어지럽히는 이물질이었다.

그래서 적운은 청소부의 역할을 자임했다.

세상의 균형을 지키기 위해 일식을 일으키고 있던 담대광의 검은 날개를 잘라 버렸다. 마계의 날개를 조각조각 내서 수백만 개나 되는 깃털로 만들었다.

그로 인해 사방으로 퍼져 나가기 시작한 깃털들!

빛의 부재로 인해 검게 보였던 그것들은 이미 순백색으로 변해 있었다. 그렇게 눈부신 빛을 무림맹 전역으로 쏟아 내었다.

그렇게 마계를 변모시켰다.

마계의 일원으로 변해 가고 있던 무림맹의 군웅들을 구출해 냈다. 몸속에 파고든 마기를 깨끗이 씻어 내고, 연옥의 아귀나 다름없던 인성을 본래대로 환원시켰다.

물론 말처럼 쉬운 일은 아니었다.

검은 날개를 잃어버린 담대광은 분노에 차서 울부짖더니, 곧 무차별적인 공격을 감행해 왔다. 자신의 마기를 훼손시킨 당사자인 적운을 향해 전력을 기울였다. 오랫동안 연옥에 파묻혀 있던 본체에 가득 담겨진 마기를 폭발적으로 쏟아 냈다. 적운을 압살시키려 했다.

그러나 이미 이곳은 마계가 아니었다.

그의 존재로 인해 강림했던 혼돈지문이 닫혀 버렸다.

천지를 가득 메운 마기가 소멸해서 이미 연옥에 최적화되어 있던 담대광의 현 육체를 압박해 왔다. 본래 이질적이었던 파불과의 불완전한 결합이 느슨해지기 시작한 것이다.

적운은 그 점을 노렸다.

자신을 향해 해일처럼 몰아쳐 오는 담대광의 마기를 무

당파의 유운신법으로 살짝 살짝 피해 냈다. 완전히 하나가 되지 않은 파불의 기운을 미리 읽었기에 가능한 일이었다.

게다가 그뿐만이 아니다.

그는 은연중 파불의 기운을 자극했다.

무당파 무공의 근간이라 할 수 있는 이화접목을 자유자재로 사용해 파불의 기운을 담대광의 마기로 되돌렸다. 미약하나마 남아 있는 파불의 박대정심한 파마지기를 제대로 이용했다. 그게 담대광이란 현세에 강림한 마신의 유일무이한 약점임을 알고 있었기 때문이다.

하나 현재의 담대광은 단순히 마기만 충만한 존재는 아니었다. 육체적인 능력만으로 따져도 세 명의 절대 고수를 압살시킬 정도로 강력한 무력을 지니고 있었다. 실제로 처음에 그를 막아섰던 검왕 모용척, 무명고검, 음선 제갈약란은 모두 빈사 상태에 빠진 지 오래였다.

그래서 적운은 천천히 입가에 깃들어 있던 짓궂은 미소를 거둬들였다.

'그나저나 슬슬 이놈의 몸에 무리가 가기 시작했으니, 곤란하게 되었구나. 그럭저럭 쓸 만한 몸을 지녔지만, 무당파의 현문정종지학 외의 사공을 익혀서 태극쌍극진기의 순천지기를 있는 그대로 받아들이지 못하니……'

내심 의미 불명의 말을 내뱉은 적운이 담대광에게서 주르륵 뒤로 물러섰다.

대치의 이탈!

팽팽하던 기세를 풀어 버리고 너무도 자연스럽게 물러선다. 목전까지 치달아 있던 노도와 같은 마기에 아무런 영향조차 받지 않는 듯이 말이다.

이는 무공에 대해 조금만 아는 자라면 너무 놀라 기함을 토하고 말 일이다. 두 사람의 내가 고수가 내공을 다투던 중 한 사람이 자기 마음대로 기세를 거두고 뒤로 물러난 것이나 다름없음에도 적운이 무사했기 때문이다.

당연히 그것만으로 끝일 리 없다.

슥!

다시 옆으로 한 걸음 이동한 적운이 서 있던 장소가 검은 화염을 덮어 썼다. 흡사 작은 화산이 폭발한 것과 다름없는 광경이 연출되었다.

그 순간 적운이 공중에 작은 원을 그려냈다.

자신을 향해 몰아닥친 검은 화염의 폭발을 그 속에 간단히 가둬 버렸다.

그리고 담대광에게 내던진다.

펑!

담대광의 마체가 가벼운 경련을 일으켰다. 자신이 만들어 낸 검은 화염이 적운이 그려낸 원 속에서 맹렬히 회전하며 몇 배나 되는 파괴력을 형성한 채 되돌아온 까닭이었다.

적운은 계속 원을 그려냈다.

자신의 주변에 형성된 화산에서 연신 폭출하는 검은 화염을 동일한 방법으로 담대광에게 되돌려 보냈다. 그것도 점점 더 빠른 속도로 말이다.

"크아아아아아아!"

결국 담대광이 참지 못하고 마성에 찬 울부짖음을 토해 냈다. 고통과 울분에 가득 차 적운을 향해 끔찍한 마기를 마구 쏟아 냈다.

그러나 적운은 계속 원을 그려내고 있을 뿐.

어떤 태도의 변화도 보이지 않는다.

그의 주변에 형성된 화산 역시 수그러들 줄을 모른다.

그게 담대광의 마안에 일순 분노의 감정을 불러일으켰다. 자신이 만들어 낸 마계에 침입해 온 이질적인 존재를 어찌할 수 없다는 자괴감의 발로였다.

잠시뿐이다.

곧 다시 평상시와 다름없이 감정을 지워 버린 담대광이 신형을 돌려 세웠다.

후퇴?

그보다는 효율을 따진 선택이었다.

단숨에 처리하기 힘든 적운이 아닌 다른 사람들로 목표를 바꾼 것이다. 어떤 사람이든 동일한 피와 살, 뼈, 영혼의 무게를 지니고 있었으니까.

스으—팟!

담대광이 적운을 뒤로하고 공중으로 신형을 띄워 올렸다. 자신이 만들어 낸 지옥도를 그렇게 떠나갔다.

그러자 적운이 천천히 원을 그려내던 동작을 멈추고, 고개를 가볍게 흔들어 보였다.

"쳇! 도망가 버렸잖아! 뭐, 일단 이쯤 해 둘까?"

나직이 투덜거린 적운이 여전히 맹렬한 불꽃을 쏟아 내고 있던 화산을 향해 손을 뻗었다.

파앗!

장력? 장풍?

동작은 비슷하나 눈앞에 드러난 결과는 완전히 딴판이다. 위력 자체가 달랐다. 화산처럼 점차 부풀어 오르고 있던 화구, 그 자체가 순식간에 소멸해 버렸기 때문이다.

까닥! 까닥!

그리고 습관처럼 고개를 몇 차례 꺾어 보인 적운이 어슬렁거리며 한켠에 나자빠져 있는 무명고검을 향해 걸어가 그를 들쳐 업었다.

"자! 일단 급한 볼일 한 가지는 해결했으니, 슬슬 내 제자를 자처하는 녀석을 찾아가 볼까? 태극무한신공을 팔, 구성가량 완성해서 이 몸의 주인 녀석보다는 그럭저럭 쓸 만할 것 같으니 말이야."

자신만 알아들을 수 있는 혼잣말과 함께 적운이 다시 유운신법을 발휘했다. 묘하게도 담대광이 떠나간 방향과 동선이 겹친다.

*　　　*　　　*

"적운이 일식을 종식시켰다고?"

"그래요. 그가 이 모든 변화를 만들어 낸 장본인이에요. 내가 직접 두 눈으로 봤어요."

"믿기 어려운 일이로군."

"뇌왕진천가주인 내 말을 믿지 못하겠다는 건가요?"

"그래."

"감히!"

왈칵 화를 내는 진여상을 향해 소진엽이 냉정하게 말했다.

"알는지 모르겠지만 나는 적운에 대해 잘 알고 있어."

"그래서요?"

"그래서 방금 전에 한 말을 믿기 어렵다는 거야. 내가 아는 그에겐 그 정도의 능력이 없으니까."

"그러니까 갑자기 사람이 변한 것처럼 행동하기 시작했다고 했잖아요!"

"그럼 그는 적운이 아니라는 건가?"

"그것까지 내가 어찌 알겠어요? 만약 그 일에 대한 해답을 알고 있었다면 이런 꼴이 되었을 리 없잖아요!"

진여상의 묘하게 뾰족해진 말투에 소진엽이 내심 눈을 빛냈다. 적운과 그녀 간의 기묘한 관계를 눈치챈 때문이다.

잠시뿐이다.

문득 주변의 기운이 크게 바뀌는 걸 느낀 소진엽이 불쑥 진여상에게 손을 내밀었다.

"뭐하는 거예요?"

"내 손을 잡아."

"어째서 내가 그래야만 하는 건데요?"

"잡으면 알게 될 거야."

"무례하긴⋯⋯."

진여상이 투덜거리면서도 소진엽이 내민 손을 얼른 붙잡았다. 그의 말속에 담긴 강한 설득력을 외면할 수 없어서였다.

그러자 갑자기 뒤바뀌어 버린 세상!

"어! 어!"

진여상이 당황해 소리를 지르다 소진엽의 품에 거진 안길 뻔했다. 그가 잡아끄는 기운에 몸이 그대로 딸려 가 버렸다. 고정된 시공간의 벽이 순식간에 깨져 버린 것이다.

소진엽이 탄성을 발했다.

"역시!"

진여상이 흐트러진 몸의 균형을 바로잡으며 이맛살을 찌푸려 보였다.

"역시?"

소진엽이 뻔뻔스런 표정을 지었다.

"역시 내 말을 듣기 잘했다고 생각하지 않나?"

"고작 이 정도로?"

"내 덕분에 뒤틀려져 있는 시공간에서 자유를 얻었어. 그런데 어찌 '고작'이란 말을 입에 담는 것이지?"

"말은 그럴싸하군요. 하지만 현실은 방금 전과 그다지 달라진 게 없어 보이는데요? 몸속의 내공이 여전히 미동조차 하지 않고 있으니까요."

"빠르군."

"꽤 오랫동안 전장에서 살아남은 몸이니까요."

"그럼 내 묻지. 이런 상황에서 오랫동안 전장에서 살아남은 진 가주는 어찌할 작정이지?"

'진 가주라! 비로소 날 뇌왕진천가의 가주로 인정하는 것인가?'

내심 눈을 빛낸 진여상이 손으로 긴 머리를 쓸어 올리곤 차분하게 말했다.

"무공을 사용할 수 없는 현 상태, 아무런 쓸모도 없는 아군, 전혀 가늠이 되지 않는 판세. 그 모든 것을 종합해 봤을 때 당연히 후퇴죠!"

"아무런 쓸모도 없는 아군이란 말은 너무하군."

"아닌가요?"

"딱히 반박할 말이 없긴 하지만……."

살짝 말끝을 흐린 소진엽이 갑자기 안색을 가볍게 굳혔다. 말투 역시 바뀐다.

"……내겐 이곳에서 해결할 일이 아직 남아 있어서 후퇴 따윈 고려의 대상이 안 된다!"

"그럼?"

"진 가주는 자신의 선택에 따르도록 해. 나는 내 선택에 대한 책임을 질 테니까."

진여상의 눈빛이 가볍게 흔들렸다.

"소교주…… 소문으로 들었던 것과 다르시군요?"

"소문이란 건 본래 믿기 어려운 거야."

"그렇겠죠."

납득한 표정으로 진여상이 소진엽에게 정중하게 고개를 숙여 보이고 신형을 돌려세웠다. 갑자기 이상해진 적운의 생사가 신경 쓰였으나 애써 외면했다. 자신의 작은 어깨 위에 뇌왕진천가의 미래와 생사존망이 얹혀 있음을 알고 있었기 때문이다.

마찬가지랄까?

잠시 진여상을 침묵 속에 배웅하던 소진엽이 천천히 신형을 돌려세웠다. 본래 목표로 했던 무림맹의 중심부를 향해 다시 걸음을 내딛기 시작한 것이다.

　'일단 이 망할 곳을 벗어나는 게 우선이야! 살아남아야
만 해! 다른 것 따윈 지금 생각하지 않는 거야! 그게 나와
뇌왕진천가를 위한 길이야!'

　내심 악다구니를 쓰면서 진여상은 힘겹게 걸음을 옮겼
다.

　소진엽과 마찬가지다.

　무공을 금제당한 탓에 묘하게 몸이 무거워 그냥 걷는 것
만으로도 체력의 소모가 극심했다. 마음처럼 빠르게 소진
엽으로부터 멀어질 수 없었다.

　우르릉! 쾅!

　그때 대지가 지진을 만난 듯 뒤흔들렸다.

　마치 수백만 근의 화약이 폭발한 것이나 다름없다.

　그 정도로 엄청난 기세로 지축이 흔들렸다. 땅거죽이 쭈
그러들었다가 폭발했다.

　"악!"

　진여상이 비명과 함께 바닥에 자빠졌다. 무공이 금제된
상태인지라 제대로 된 낙법조차 펼치지 못했다. 그냥 아무
런 방비도 못한 상태에서 대차게 나뒹굴었다.

　그러나 그녀가 달리 마도십가를 대표하던 기재였던 게
아니다.

"큭!"

나직한 신음과 함께 재빨리 자신을 보호하는 동작을 취해 보인 진여상이 품속에서 작은 화탄 몇 개를 꺼내 들었다. 혹시 있을지 모를 적의 기습에 대비하기 위함이었다.

그럴 필요 없었다.

스으—팟!

갑자기 태양이 가려졌다.

다시 일식이 일어나서가 아니라 중천의 태양을 가려 버릴 정도로 거대한 그림자가 나타난 것이다.

— 신마대제 담대광!

얼마 전 적운을 만나서 신마대전이나 다름없는 대결을 펼친 바 있던 마신의 등장이었다. 그가 잃어버린 검은 날개를 대신해 무지막지한 어둠, 그 자체가 된 거다.

물론 그에게 있어 진여상 따윈 관심 밖이다. 안중에도 없었다. 천공을 한 차례 크게 선회한 그가 그녀를 일별조차 하지 않고 떠나갔다.

그럼 그의 목표는?

힘겹게 자리에서 일어선 진여상의 시선이 방금 전 작별을 고했던 소진엽 쪽을 향했다. 그녀와 달리 화끈하게 뒤집혀 버린 대지에 꼿꼿하게 서 있는 그를 찾아갔다.

그리고 그 순간!

쿠오오오오!

별다른 예고도 없이 담대광의 거대한 어둠이 소진엽의 머리 위로 떨어져 내렸다. 단숨에 압살해 버리려 했다.

"소교주!"

진여상이 자신도 모르게 소리 질렀다.

쾅!

그러나 늦었다.

담대광은 무지막지한 기세로 소진엽의 머리 위로 떨어져 내렸다. 그를 거대한 자신의 어둠 속에 파묻어 버렸다.

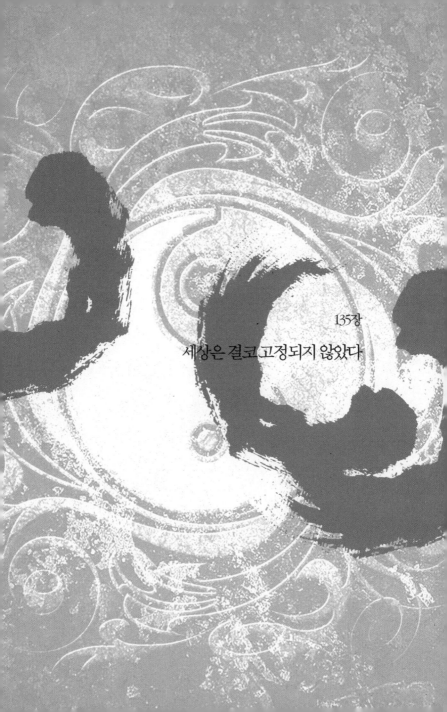

135장

세상은 결코 고정되지 않았다

'컥!'

소진엽은 입을 가볍게 벌렸다.

저절로 그렇게 되었다.

느닷없이 정수리로부터 전달된 엄청난 충격에 일시 혼백이 흩어지는 것 같은 충격을 느꼈다. 만약 평범한 일반인이었다면 분명 그리되었을 터였다.

그러나 소진엽의 가볍게 벌어진 입술 사이론 아무 소리도 튀어나오지 않았다. 비명도 지르지 못했다. 그냥 붕어처럼 몇 차례 입술을 달싹거렸을 뿐이었다.

마찬가지로 육체 역시 미동조차 못하게 되었다.

대지 위에 단단히 고정되어졌다.

모든 것으로부터 차단당해 버린 것이다.

'크윽, 도대체 무슨 일이 벌어진 거지? 머릿속이 혼란스러워 생각 자체를 할 수 없잖아! 마치 뇌가 회반죽이 되어버린 것 같아…….'

정확한 판단이었다.

진짜로 소진엽은 일시 그런 혼란 상태에 빠졌다.

정수리를 통과한 강대한 마기가 머릿속으로 빠르게 침습해 들어와 그의 정신 영역 전체를 뒤흔들어 댔다. 광포하고 무자비한 외적이 침입해 들어온 것이나 다름없었다.

그러자 방어기제가 작동했다.

소진엽의 몸속 깊숙한 곳에 잠들어 있던 태극무한신공과 단천뢰심강의 양대 신공이 움직였다. 외부로부터 침입해 들어온 압도적인 양의 마기로부터 숙주라 할 수 있는 소진엽을 보호하려 했다.

충돌!

예측된 결과였다.

'켁!'

다시 소진엽이 입을 벌렸다.

오랜만에 함께 힘을 합한 태극쌍극진기가 마기와 충돌하자 눈앞에서 무수히 많은 별이 번쩍였다. 어린 시절 만두 한 개를 훔치다 걸려서 몽둥이찜질을 당할 때가 떠오를 정도로 극심한 고통이 머릿속에서 연신 생성되었다. 그리고 몸 전체로 빠르게 전이되어 가고 있었다.

하나 단지 그뿐.

소진엽은 여전히 손가락 하나 까딱할 수 없었다.

자신의 의지로 할 수 있는 일이 아무것도 존재하지 않았다. 그냥 무례하게 정수리로 침입해 들어온 담대광의 마기와 제멋대로 방어기제를 작동시킨 태극쌍극진기 사이에서 괴로워할 따름이었다.

흡사 자신의 몸을 빼앗겨 버린 것 같은 형국!

'잘들 논다……'

문득 자신도 모르게 중얼거린 소진엽이 흠칫 놀란 기색이 되었다.

이번엔 입술을 달싹인 게 아니다.

그냥 마음속으로 중얼거렸다. 의식적이 아니라 무의식적으로 그리했다. 마치 과거 사부 담대광과 접속했을 때와 같이 말이다.

그렇다면 사부 담대광은?

소진엽이 거의 무의식적으로 자신의 몸으로부터 멀어진 상태에서 접속 상태에 돌입했다. 사부 담대광과 함께 해 왔던 무수히 많은 시간이 그렇게 몰아갔다.

— 천마충천, 사방마계!

오랫동안 잊고 있던 과거의 망령을 불러냈다. 접속을 시도하며 그렇게 사부 담대광을 불렀다. 그와 하나가 되기를 희구했다. 마치 과거의 전우, 과거의 친우, 과거의 혈육과 재회하기를 바라는 심정으로 그리했다.

　그러자 반응이 왔다.

　기적적으로 접속이 이뤄졌다.

　[누가 날 부르는 거냐? 누가 감히 내 마음속에 들어와 번잡하게 하는 것이냐?]

　'사부님! 사부님!'

　[사부?]

　'저 진엽입니다! 사부님의 하나밖에 없는 후계자 소진엽입니다!'

　[진엽? 후계자?]

　혼란에 빠진 듯한 담대광의 목소리에 소진엽의 눈이 이채를 발했다. 그동안 줄곧 그를 고민케 했던 난제 하나가 풀렸기 때문이다.

　'역시 사부님은 모종의 사태로 정신을 잃어버린 상태이셨구나! 그래서 날 알아보지도 못했고, 이런 말도 안 되는 짓을 벌이고 있는 거야!'

　다행이다.

　조금이나마 안심이 되었다.

진짜 사부 담대광과 싸우지 않아도 되었으니 말이다.

그때 담대광이 불쑥 소진엽의 사념 속으로 끼어들었다. 역시 접속이란 건 골치 아프다.

[모종의 사태? 그게 무슨 소리냐? 아니, 그것보다 대체 네놈의 정체는 무엇이냐?]

'설마……'

[설마?]

'……사부님, 제가 누군지 모르시는 겁니까?'

[모른다!]

단호한 담대광의 대답에 소진엽이 입을 가볍게 벌렸다. 일시 어찌해야 할지 모르게 된 것이다.

그러자 담대광이 사부일 때와 마찬가지로 답을 주었다.

[바보 같은 놈! 나는 지금 나 자신이 누군지도 모르는 상황이다. 어찌 네놈의 정체 따윌 알 수 있겠느냐? 이는 곧 내가 지극한 혼란에 빠져 있다는 뜻이니, 괜한 일로 고민하지 말고 어서 차근차근 설명하도록 하거라. 곧 이 정도 이성도 잃어버릴지 모르니까 말이야.]

'네, 넵!'

[대답은 한 번만 하도록!]

'넵!'

연달아 대답한 소진엽이 얼른 자신과 담대광 본인에 대한 설명에 들어갔다. 담대광이 자신이 처한 현 상황을 객

관적으로 인식할 수 있도록 최선을 다한 것이다.

그렇게 얼마나 시간이 지났을까?

소진엽의 설명을 묵묵히 듣고 있던 담대광이 짜증 섞인 결론을 도출해 냈다.

[믿을 수 없다! 내가 그렇게 무능한 인간일 리 없어!]

'사부님은 무능하지 않으십니다. 위대한 마도제일인인 신마대제신데…….'

[무능한 인간이 맞다! 그리고 나는 그런 무능한 인간이 아니란 걸 지금 입증하려 한다!]

'예?'

소진엽이 반문한 것과 동시에 몸을 부르르 떨어 보였다. 갑자기 유체 이탈 상태에서 벗어난 때문이다.

"컥!"

그와 함께 소진엽은 입을 벌렸다. 처음, 정수리로부터 마기의 침습을 느꼈을 때와 마찬가지로 극렬한 고통이 몸 전체로 확산되어 견디기 어려웠다.

"엇?"

그리고 놀랐다.

몸이 갑자기 자유로워졌다. 마치 보이지 않은 사슬로부터 구속이 풀린 것이나 다름없었다.

당연히 그것만으로 끝일 리 없다.

번쩍!

소진엽은 갑자기 눈이 멀어 버리는 충격을 느꼈다. 태양이 폭발한 것처럼 강렬한 섬광이 눈 속으로 파고들어 왔다. 눈의 시신경 자체가 녹아내릴 것만 같다.

[바보 같은 놈!]

'사부님?'

[당장 뒤로 물러서라!]

'넵!'

소진엽이 명령에 따랐다.

눈이 멀어 버린 상태로 신형을 뒤로 날렸다. 전력을 다해 빛의 폭발로부터 벗어나려 했다.

쾅!

그러나 역부족이었다. 엄청난 폭발력에 떠밀려 소진엽의 몸이 사정없이 뒤로 날아갔다. 흡사 한 조각 나뭇잎처럼 광폭한 바람에 구겨져 나뒹굴었다.

"악!"

진여상이 갑자기 자신을 덮친 빛의 폭발에 비명과 함께 재빨리 신형을 바닥에 던졌다.

폭발로부터 몸을 구하기 위함이다.

폭약을 다루는 게 업인 뇌왕진천가의 사람다운 빠른 판단력이었다.

당연히 그것만으로 끝일 리 없다.

진여상은 소매로 자신의 머리를 재빨리 가렸다.

폭발의 여력에 의한 손상을 최소한도로 막기 위한 행동이다. 그녀가 걸친 의복은 뇌왕진천가 비전의 약품 처리가 되어 화기에 강한 특성이 있었기 때문이다.

한데 곧 진여상은 이상한 생각이 들었다. 땅바닥에 바짝 들러붙어 복지부동한 상태에서 의혹에 잠겼다.

'이 정도 폭발에 후폭풍이 없어? 아니, 그보다 도대체 어떤 종류의 폭발물이 이런 말도 안 되는 위력을 발휘할 수 있는 거람?'

머릿속이 복잡해진다.

아무리 생각해도 떠오르는 종류의 폭발물이 없었기 때문이다.

그래서 진여상은 살그머니 소매를 벌렸다. 폭발 이후의 사정을 확인하기 위함이었다.

"뭐…… 야……?"

진여상의 표정이 가볍게 변했다.

의아함으로 인해 눈살을 찌푸렸고, 곧 짜증 어린 기색이 만면 가득 퍼져 나갔다. 갑자기 어둠에 휩싸였다가 대폭발을 일으킨 소진엽이 있던 자리에 모습을 드러낸 적운을 인지한 것과 동시의 일이었다.

그와 함께.

번쩍!

적운의 손에서 기묘한 빛이 떠올랐고, 고정되어 있던 세상이 다시 움직이기 시작했다. 흡사 체기가 쑥 내려가는 듯한 시원한 느낌과 함께 그리되었다.

펄럭!

그와 함께 하늘 위로 날아오른 어둠!

방금 전까지 소진엽을 덮어쓰고 있던 어둠의 근원이 검은 날개를 활짝 펼친 채 무림맹을 떠나갔다. 적운이 일으킨 빛에 휘감긴 채 날아가 버렸다.

멍하게 그 모습을 바라보던 진여상의 눈에 이채가 어렸다.

'내력이 돌아왔다!'

진심으로 바라던 일이다.

스으—팟!

진여상이 재빨리 마신마강기를 일으켰다. 강기막을 최대한 일으켜 자기 자신을 보호한 것이다. 그리고 기민하게 신형을 일으켜 세웠다.

여전히 손가락 사이로 굴러다니는 화탄 몇 개!

신중한 기색으로 적운을 살피던 진여상의 눈에 소진엽에게 다가가는 적운의 모습이 비쳐 들었다. 홀연히 무림맹을 떠나간 신마대제 담대광 따윈 신경조차 쓰지 않는 모습이다.

툭! 툭!

몇 차례 소진엽을 발끝으로 건드린 적운이 그때까지도 딱딱하게 굳어 있던 진여상에게 말했다.

"이놈을 챙겨라!"

"뭐······."

"곧 이곳으로 사람들이 몰려들 거야. 그 전에 빠져나가려면 서둘러야 해."

그 말을 끝으로 한켠에 내동댕이쳐 놨던 무명고검을 들쳐 맨 적운이 신형을 날렸다.

슉!

"······뭐야아아아!"

진여상이 짜증이 가득한 목소리로 소리 지르다 재빨리 소진엽을 들쳐 업고 적운의 뒤를 따랐다. 멀리서 들려오는 사람들의 경악과 공포에 찌든 비명과 울부짖음으로부터 도망칠 수밖에 없었던 것이다.

*　　　*　　　*

"하악!"

모용경은 크게 호흡을 내뱉었다.

일시 혼란에 빠져 흔들리던 시선이 곧 초점을 회복했다. 주변을 가득 메우고 있는 난장판 속에 머물러 있는 자기 자신을 인식하는 데 성공했다는 뜻이다.

그러자 차마 눈뜨고 볼 수 없는 참혹한 현실이 인지된다.

핏물이 흘러넘치는 몰살의 현장!

부들!

저도 모르게 가느다란 어깨를 한 차례 떨어 보인 모용경이 주먹을 굳게 쥐었다.

전장!

이곳은 익숙한 전장이었다.

어떤 참혹한 모습이라 해도 받아들일 수 있었다. 전장에서는 모든 것이 가능하기에.

그 같은 생각과 함께 평상시의 신색을 회복한 모용경이 창천검무대에게 신호를 보냈다. 그들을 모아서 무림맹 내 생존자들을 수습하는 게 우선이란 판단이었다.

전장에서 가장 먼저 챙길 것!

인원, 장비, 물자……

지금도 마찬가지였다. 달라질 건 없었다. 최소한 현재의 그녀에겐 그러했다.

우르르르르!

그때 창천검무대가 모용경에게 모여들었다. 다른 자들과 마찬가지로 극심한 혼란에 빠져 있다가 대주 모용경의 신호에 집결한 것이다.

모용경이 단호하게 명했다.

"이곳은 전장이다! 당연히 임전 시의 수칙대로 최우선적으로 생존한 인원 확인에 들어간다!"

"예!"

"생존자를 찾아라! 전력으로 삼을 만한 자들은 확보 뒤 재배치하고, 부상자들은 따로 모아서 치료한다!"

"예!"

"질문은?"

"없습니다!"

"좋다! 그럼 곧바로 움직이도록!"

"존명!"

창천검무대가 움직이기 시작했다.

최전방에서 항상 맞닥뜨렸던 전장에서와 마찬가지로 한 치의 망설임도 없이 행동했다. 무림맹을 덮친 원인 불명의 대혈사를 그렇게 수습해 갔다.

* * *

"크으!"

소진엽은 짤막한 신음과 함께 눈을 떴다. 전신을 떠돌아 다니는 고통이 일시 폭발적으로 확산된 까닭이었다.

한데 이상하다.

묘하게도 소진엽이 눈을 뜬 것과 동시에 고통은 잦아들

었다. 거짓말처럼 그리되었다.

'마치 내가 정신을 차리길 기다리고 있었던 것 같군. 정말 그런 것 같아.'

머릿속에 떠오른 의혹에 소진엽이 내심 눈살을 찌푸려 보이곤 일어나 앉았다. 도대체 자신에게 무슨 일이 일어났는지 확인하기 위함이었다.

"동굴이군."

그렇다.

그가 눈을 뜬 장소는 흐릿한 햇빛이 흘러 들어오는 천연의 동굴이었다.

그리고 그의 맞은편.

타닥거리는 소리를 내며 모닥불이 따뜻한 기운을 발산하고 있었다. 동굴임에도 습기가 크게 느껴지지 않았던 이유를 알 것만 같다.

그때 입구 쪽에서 사람의 그림자가 모습을 드러냈다.

호리호리한 몸매.

한쪽 얼굴을 앞머리로 가린 염세적인 미모.

양손 가득 마른 나뭇가지를 든 그림자의 주인은 진여상이었다. 아미를 살짝 찡그리고 있는 게 상당히 불만에 찬 모습을 하고 있다.

소진엽이 그녀에게 손을 흔들어 보였다.

"여어!"

"깼군요."

"날 구해 준 건가?"

"그런 셈이죠."

"그런 셈?"

반문하는 소진엽에게 애매모호한 표정을 지어 보인 진여상이 나뭇가지를 모닥불 옆에 내려놨다. 그동안 꽤 여러 번 이런 일을 했는지 능숙하다.

털썩!

그리고 소진엽 옆에 앉은 그녀가 고개를 살랑거리며 흔들어 보였다.

"그런 식으로 쳐다봐도 소용없어요. 제가 소교주님한테 해 줄 수 있는 얘기는 별로 없으니까요."

"그 별로 없는 얘기가 궁금하군?"

"그보다 배고프지 않으세요?"

"그런 식으로……."

소진엽이 중간에 말을 거뒀다. 진여상이 말하길 기다렸다는 듯 뱃속에서 꼬르륵거리는 소리가 천둥처럼 울려 퍼졌기 때문이다.

"풋!"

진여상이 웃음과 함께 건포 몇 조각을 품에서 끄집어내 건네주었다.

"……쳇!"

소진엽이 나직이 투덜거리며 건포를 받아 들었다. 일단 배를 채우는 게 우선이란 판단이었다.

그렇게 얼마나 지났을까?

꾸역꾸역 건포를 열 덩이나 해치운 소진엽이 아랫배를 슬슬 쓰다듬었다.

이젠 더 이상 꾸르륵 소리가 들리지 않는다.

만족한 듯싶다.

소진엽에게 건포를 건네주느라 바쁘던 진여상이 절레절레 고개를 흔들어 보였다.

"정말 잘 먹는군요. 하긴 사흘 만에 일어났으니 그럴 만도 하겠지요."

"사흘 만?"

소진엽이 시선을 던지자 진여상이 미미하게 고개를 끄덕여 보였다.

"그래요. 소교주님은 딱 사흘 만에 정신을 회복하셨어요. 정말 이대로 영원히 깨어나지 않는 게 아닌가 걱정했을 정도예요."

"그런데도 계속 내 곁을 지켜 주었군."

"감격하실 필요는 없어요. 어쩔 수 없이 그랬을 뿐이니까요."

"그랬을 테지. 멸천마후에게 귀순한 신임 뇌왕진천가주가 내게 그럴 만한 의리는 없을 테니까."

"그래도 은혜는 은혜예요! 이번에 저 때문에 목숨을 구한 걸 결코 잊어선 곤란해요!"

"그러지."

소진엽이 고개를 끄덕여 보이며 다시 손을 내밀었다. 건포를 더 내놓으라는 의미다.

'넉살은!'

진여상이 살짝 인상을 써 보이곤 품에서 건포 한 덩이를 꺼내 건네줬다.

"이게 마지막이에요!"

"술은 없나?"

"술까지 대령하라는 거예요!"

"없으면 됐고."

소진엽이 아쉽다는 표정을 한 채 받아 든 건포를 한꺼번에 입안에 털어 넣고 벌떡 일어섰다.

"어?"

"뭐?"

소진엽이 놀리는 듯한 표정으로 진여상을 바라봤다. 놀란 표정으로 자신을 따라 신형을 일으킨 그녀가 꽤나 재밌어 보인다.

잠시뿐이다.

곧 입가에 깃들어 있던 미소를 지운 소진엽이 냉철한 표정이 되었다.

"진 가주, 오늘은 이쯤에서 헤어져야 할 것 같다."

"아직 부상이 다 회복되지 않으셨을 텐데요?"

"죽진 않아."

"그 정도로 급한 볼일이라는 뜻이로군요?"

"뭐, 그런 셈이지."

진여상이 잠시 소진엽을 바라보다 어깨를 가볍게 추어 보였다. 입가에는 작은 한숨이 깃들어 있다.

"하아, 결국 이렇게 되는군요."

"날 막을 셈이로군?"

"어쩔 수 없어요."

"멸천마후의 명령 때문인가?"

"그런 건 아니에요."

"그건 의외로군."

"그렇죠? 저도 그래요."

다시 어깨를 추어 보인 진여상이 갑자기 소진엽에게 화신탄을 날렸다.

지척지간!

기습적으로 펼쳐진 화신탄은 모조리 소진엽의 몸에 격중되었다. 맹렬한 불꽃을 일으키며 그의 몸 전체를 화염 덩어리로 만들었다.

"어?"

놀란 건 진여상이었다. 소진엽이 이렇게 쉽사리 자신의

공격을 허용할 줄 몰랐기 때문이다.

그러나 그녀는 곧 안색을 딱딱하게 굳혔다.

슥!

화신탄이 일으킨 불꽃 속에서 문득 흐릿한 잔영이 튀어 나왔다. 마치 용수철에 튕겨져 오른 것처럼 그녀를 노리며 파고들었다. 강력하게 반격해 왔다.

휘청!

진여상이 신형을 재빨리 뒤틀었다.

이미 완벽히 피하긴 늦었다는 판단이었다. 그래서 피해를 최소한으로 줄여 볼 작정이었다.

당연히 마신마강기 역시 극한까지 일으켰다.

호신강기의 힘으로 소진엽의 갑작스런 반격을 제압하려 했다.

아니다.

그렇게 되진 않았다.

이번에도 그녀의 뜻과는 정반대 상황이 벌어졌다.

스파앗!

신형을 뒤튼 상태로 진여상은 일시 극심한 허탈감에 빠졌다. 극한까지 일으킨 마신마강기는 충돌 지점을 찾을 수 없었다. 그냥 헛되게 기력을 발산했을 따름이었다.

일보삼장세!

어느새 소진엽은 진여상의 마신마강기의 권역을 빠져나

가고 있었다. 초인적인 속도로 분영만을 남긴 채 동굴의 입구에 거의 도달해 있었다.

'망할! 애초부터 이럴 작정이었구나!'

진여상이 내심 욕설을 뱉으며 다시 화신탄을 준비했다. 무슨 일이 있어도 소진엽을 놓칠 순 없었기 때문이다.

그러나 화신탄은 다시 발사되지 않았다.

그럴 필요가 없었다.

퍽!

막 동굴의 입구를 빠져나가려던 소진엽의 몸이 갑자기 뒤로 퉁겨졌다. 꽤나 큰 격타음과 함께.

우당탕!

그리고 제대로 나뒹군다. 바닥에 대차게 자빠져 버렸다.

"크!"

소진엽이 비명을 흘렸다.

바닥에 자빠지는 순간 장심에 힘을 가해서 충격을 반감시키려다 팔뚝이 부러질 뻔했다. 그 정도로 엄청난 하중이 가해졌다. 흡사 천 길 낭떠러지에서 추락한 것 같다.

게다가 가닥가닥 끊겨 버린 진기!

흡사 산공독에 중독이라도 된 것처럼 내력을 운기할 수 없게 되었다. 진기 자체가 하나로 이어지지 않고 제멋대로 몸속에서 둥둥 떠다니고 있었다.

이런 경험은 처음이다.

무공을 연마한 후 한 번도 당해본 적이 없는 일이다.

"하!"

결국 소진엽이 내력을 운기하는 걸 포기하고 몸의 기운을 나른하게 풀어 버렸다. 무당파 무공의 근본이라 할 수 있는 '이일대로(以逸待勞) 이정제동(以靜制動)'에 들어간 것이다.

빡!

그러자 기다렸다는 듯 파고든 이차 타격!

몸속으로 파고든 기운을 마지막 한 방울까지 대지로 흘려 내던 소진엽이 입을 크게 벌렸다. 두개골을 뚫고 들어온 강렬한 촌경에 골이 완벽하게 흔들렸다. 일시 뇌가 진탕되어 머릿속이 완전히 헝클어져 버렸다.

풀썩!

결국 소진엽이 대자로 뻗었다.

어떤 것도 할 수 없는 몸이 되어 버렸다.

슥!

그런 소진엽의 곁으로 뒤늦게 다가든 진여상이 짜증 어린 기색으로 소리쳤다.

"왜 이렇게 늦은 거예요?"

"아! 미안."

그제야 동굴 안쪽으로 느긋하게 걸어 들어온 적운이 히죽 웃어 보였다. 전혀 미안해 보이지 않는 얼굴이다.

'느물거리긴!'

내심 더욱 인상을 써 보인 진여상이 완전히 의식을 잃어 버린 소진엽을 흘깃 곁눈질하곤 말했다.

"죽여 버린 건 아닐 테죠?"

"그럴 리가."

"숨을 안 쉬는 것 같은데요?"

"그냥 몸속의 기운 대부분이 방어기제를 발동해서 생명력 유지에 최선을 다하고 있을 뿐이야. 아주 엉터리로 무당파 무공을 익힌 건 아니거든."

"무당파 무공?"

의아한 기색이 된 진여상에게 적운이 어깨를 가볍게 추어 보이곤 소진엽 앞에 쭈그려 앉았다. 어떻게 보든 단정한 태극검수의 수좌라 생각되지 않는 모습이다.

'재밌는 놈이로군. 중원을 떠나 있는 동안 아주 재밌는 녀석이 나타났어…….'

내심 자신만이 이해할 수 있는 중얼거림을 내뱉은 적운이 소진엽에게 몇 차례 손가락을 퉁겼다.

— 무당(武當) 십단금(十段錦)!

동작만 그랬다.

그 속에 담겨 있는 기운은 아예 딴판이었다. 당대 어떤 무당파의 고수도 감히 비견할 수 없는 강대한 기운이 소진엽의 몸속으로 휘몰아쳐 들어갔다. 주인의 생명을 지키기위해 완벽한 방어기제를 작동시킨 태극쌍극진기의 방어벽을 단숨에 허물어뜨리고 말이다.

*   *   *

무명고검!

아니, 과거의 영광을 뒤로하고 다시 황포를 몸에 걸친경황야의 안색은 지금 백짓장처럼 하얗게 질려 있었다.

무림맹에서 당한 내상의 여파는 상당했다.

단전이 손상당해 무공의 대부분을 잃어버렸기 때문이다.

뿐만 아니라 무림맹주가 되기 위해 항주 일대에 깔아 놨던 황천비영의 정예 대부분을 잃어버렸고, 은밀히 호응하기로 했던 천사련 세력 역시 연락이 닿지 않았다. 일신의신공을 바탕으로 회천대업을 꿈꿨던 야망이 어느새 과거의일이 되어 버린 것이다.

'게다가 날 무림맹에서 구해 준 자는 절대 적 사제가 아니었다! 그의 얼굴을 하고 있었지만 분명 그가 아니었어!그렇다는 건 역시……'

침통하게 염두를 굴리던 경황야가 문득 몸을 가볍게 떨

어 보였다.

문득 떠오르는 얼굴이 있다.

애송이로 여기고 있던 자신의 조카!

당금 천하의 주인이자 진명천자인 황제의 모습이 가슴 속 한켠을 무겁게 짓눌러 왔다. 완전히 무시하고 있던 그에게 오히려 놀아나고 있었다는 생각 때문이다.

하지만 이제 와 어찌할 것인가!

이미 시위를 떠난 화살과 같은 자신의 처지를 떠올린 경황야가 수중에 쥐어져 있던 서신을 펼쳐 들었다. 자신을 구한 후 홀연히 떠나간 적운이 빙글거리며 보라고 내준 걸 이제서야 가까스로 확인할 용기를 낸 것이다.

— 장성출(長城出)!

한 줄의 글귀를 확인한 경황야의 얼굴에 허탈한 표정이 떠올랐다.

예상을 뛰어넘는 황제의 아량!

그것이 그의 자존심을 긁었다. 어찌해 볼 수 없는 모멸 감을 가슴속에 남겼다. 야망의 부스러기조차 남기지 않게 말이다.

툭!

서신을 손에서 떨군 경황야가 하늘을 바라보며 대소를

터뜨렸다.

"……크하하하하핫! 황제 폐하! 정말 넓은 배포에 소신, 감읍을 금치 못하겠소이다! 부디 성군이 되시옵소서! 그래서 태조 폐하의 영광을 계승하시옵소서!"

그 말과 동시였다.

퍽!

자신의 남은 여력을 모두 손에 담은 경황야가 전력으로 태양혈을 때렸다. 중원을 포기하고 만리장성을 떠나라는 유배 명령을 내린 황제의 명에 마지막으로 저항하고자 함이었다.

*　　　　*　　　　*

까닥!

적운이 고개를 가볍게 꺾어 보았다.

빙글거리는 표정은 변함이 없으나 일말의 아쉬움이 눈가에 머물러 있다.

'중원이라니! 어찌 그리 오만하고 어리석은 생각에 빠져 있더란 말인가! 세상은 결코 고정되어 있는 게 아닌 것을. 스스로 자신들의 한계를 규정해 버린 중원인들의 장성은 얼마나 어리석은가!'

과거 장성을 몇 차례나 넘은 바 있던 터.

문득 점차 중원으로부터 멀어진 후 느꼈던 감정의 단편을 떠올린 적운이 내심 고개를 가로저었다. 일세의 호걸이라 할 수 있는 무명고검 경황야의 마지막 선택이 꽤나 마음에 들지 않았기 때문이다.

그래서였을 것이다.

문득 만 리 밖에 머물러 있던 그의 의식이 적운의 몸을 빠져나와 한곳으로 향했다. 평상시 가장 피해 왔던 인간의 역사에 살짝 발을 담그기 위함이었다.

영원. 혹은 촌각.

그렇게 잠시간 다른 공간, 세상에 발을 딛고 있던 그가 다시 적운의 몸으로 돌아왔다. 그리고 여전히 맞은편에 죽은 듯 누워 있는 소진엽의 머리를 발로 가볍게 걷어찼다.

퍽!

소리가 크다.

언젠가부터 정신을 회복한 상태였던 소진엽으로선 계속 누워 있을 수 없다. 벌떡 일어나야만 했다.

물론 그냥 일어날 리가 만무하다.

스사삭!

신형을 일으킨 것과 동시에 재빨리 방어 자세를 취한 소진엽을 향해 적운이 손을 흔들어 보였다. 여전히 표정의 변화 따윈 찾아볼 수 없다.

"지랄하고 자빠졌네!"

"당신은…… 적운 형이 아니로군?"

"적운 형?"

고개를 까닥거려 보인 적운이 피식 웃었다.

"그런 걸 고민하느라 내공을 회복하고도 줄곧 의식을 잃어버린 척하고 있었던 것이냐?"

"내게는 중요한 일이오! 적운 형을 어찌한 것이오?"

"당연히 내가 먹었지. 하나도 남기지 않고."

"감히!"

소진엽이 버럭 노성을 터뜨리며 적운에게 달려들었다. 한 손에는 지존성마검을, 다른 한 손엔 단천뢰심강을 일으켜 단숨에 적운의 얼굴을 한 존재를 박살 내려 했다. 의식이 되돌아온 후 줄곧 준비해 뒀던 정마쌍천일격을 단숨에 성공시킨 것이다.

아니다.

딱 그 직전까지만 이뤘다.

파직!

지존성마검과 단천뢰심강은 막 그 존재를 세상에 드러내자마자 자취를 감췄다.

충돌!

방전!

각기 상반된 두 개의 강대한 기운은 거의 동시에 폭발을 일으켰다. 목표인 적운이 아니라 상대방을 향해 시퍼런 적의를 드러내며 돌진해 버린 것이다.

"크악!"

소진엽이 입에서 피 화살을 토하며 뒤로 퉁겨져 날아갔다. 흡사 하늘에서 떨어져 내린 벼락에 얻어맞은 거나 다름없었다. 흉물스런 꼴이 되어 나자빠져 버렸다.

털썩!

그리고 또다시 혼절.

후다닥!

마침 밤을 지새우기 충분할 정도의 잔가지를 품에 들고 돌아온 진여상이 이맛살을 찌푸려 보였다.

"부상자한테 또 무슨 짓을 한 거예요?"

"아무것도."

"거. 짓. 말!"

진여상이 적운을 비난하듯 노려봤다. 자신에게 온갖 궂은일을 시키는 그에 대한 감정이 점차 나빠지고 있었기 때문이다.

그러나 적운은 개의치 않았다. 그는 여전히 빙글거리는 표정을 한 채 말했다.

"술하고 안주도 가져왔겠지?"

"이놈이나 저놈이나! 내가 당신 종년인 것 같아요?"

"설마?"

"그런데 어째서 계속 이것저것 시키는 거예요?"

"내 덕분에 살았으니까."

"으아! 짜증 나!"

진여상이 왈칵 화를 내곤 품에서 술병을 꺼내 적운에게 집어던졌다.

탁!

술병을 받자마자 단숨에 절반가량을 입속에 쏟아 부은 적운이 히죽거리며 말했다.

"그럼 여태까지처럼 슬슬 야영 준비를 하도록 해. 아무래도 밤이 될 때까지 이놈이 깨어날 것 같지 않으니까."

"......."

진여상이 이제는 화를 내기도 지쳤는지 체념한 표정이 되었다. 자신이 정말 지독한 인간에게 걸렸음을 비로소 절감한 것이다.

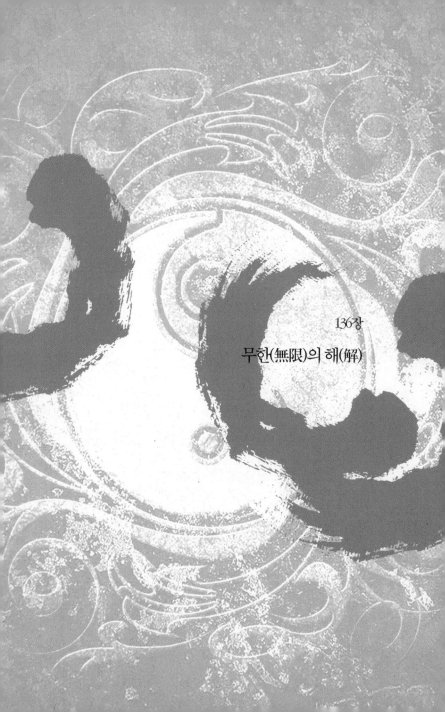

136장

무한(無限)의 해(解)

　"큭!"

　적운의 말처럼 소진엽이 다시 정신을 회복한 건 밤이 한참 깊어 갈 무렵이었다.

　몸 전체의 굴신!

　흡사 극단의 기운이 몸 전체를 천리마처럼 내달리고 있는 듯하다. 그런 느낌 속에 바닥으로부터 허리를 크게 퉁겨 올린 소진엽이 신음과 함께 눈을 떴다.

　몸 전체로 땀이 비 오듯 흘러내린다. 정신을 회복한 뒤로 느껴지는 고통이 심상치 않다. 봉황선부에서 담대광과 함께했던 고련의 나날이 우습게 느껴질 정도다.

"제법 강골이로군."

'이 목소리는⋯⋯.'

극단적인 고통 속에서도 귓전으로 파고든 목소리가 꽤나 익숙하다는 걸 파악한 소진엽이 이를 악물었다. 애써 신음을 삼켰다. 그리고 시선을 모닥불 앞에 앉아 있는 적운에게 던졌다.

"⋯⋯다시 묻겠소! 적운 형을 어찌한 것이오?"

"죽이진 않았어."

"그럼?"

"뭐, 잠시 잠재운 상태랄까?"

적운(?)이 자신의 가슴을 손바닥으로 툭툭 두들기곤 히죽 웃어 보였다.

아찔해지는 느낌!

문득 적운의 기묘한 미소와 맞닥뜨린 소진엽이 현기증을 느끼며 바닥에 풀썩 쓰러졌다. 그러자 적운의 반대편에 다리를 모은 채 앉아 있던 진여상이 살짝 성난 목소리로 말했다.

"도대체 왜 자꾸 소교주를 괴롭히는 거예요? 그를 아예 죽일 작정인 건가요?"

"그럴 리가?"

"그럼 어째서 저렇게 매가리 없이 쓰러지는데요?"

"그야⋯⋯."

잠시 말끝을 흐린 적운이 다시 특유의 미소를 짓고는 소진엽을 향해 손가락을 한 차례 퉁겨 보였다.

펙!

둔탁한 소리와 함께 늘어져 있던 소진엽의 몸이 다시 바닥에서 퉁겨져 올랐다. 방금 전보다 훨씬 격하고, 높다.

빙글!

당연히 그것만으로 끝나진 않았다.

민활하게 신형을 회전시킨 소진엽이 벌떡 일어섰다. 순식간에 적운의 코앞에까지 이른 것이다.

불끈!

그러나 소진엽은 자연스럽게 일어난 기력을 적운에게 쏟아 내지 않았다.

학습 효과다.

앞서 두 번째로 의식을 잃어버릴 때와 같은 실수를 또다시 범할 수는 없었다. 세 번째로 의식이 돌아올 가능성이 그다지 많지 않음을 알고 있었기 때문이다.

스윽!

그렇게 잔뜩 웅크려 든 용수철과 같이 전신 기력의 폭발을 자제한 소진엽이 오히려 뒤로 물러났다. 앞으로 달려들려는 기세의 흐름을 억지로 자제시켰다.

그러자 적운이 미미하게 고개를 끄덕여 보였다.

"잘 배웠군. 제법이야."

"……."

"그렇게 노려볼 것 없어. 나도 이런 하찮은 자질을 가진
녀석의 몸에 좋아서 들러붙어 있는 건 아니니까."

"……."

"그렇군. 적운이란 녀석을 걱정해서가 아니라 내 정체가
뭔지 염두를 굴리고 있는 거로군. 마도인이란 것들은 역시
의심이 많단 말이야."

혼잣말하듯 소진엽에게 몇 마디를 던진 적운이 손을 휘
휘 저어 보였다. 모닥불 빛을 보고 달려든 몇 마리 날벌레
를 쫓아내기 위함이었다.

그게 묘했다.

앞서 고통으로 뒤틀리고 있던 몸을 물먹은 솜처럼 늘어
뜨렸던 느낌이 돌아왔다. 일시 눈앞의 적운에게 어떤 짓도
할 수 없을 것 같은 무기력감에 휩싸인 것이다.

'이 느낌…… 익숙하다!'

뭔지는 모른다. 알 수가 없었다.

그래도 소진엽은 왠지 이해할 수 있을 듯싶었다. 적운과
맞닥뜨린 후 느낀 몇 가지 모호한 느낌이 낯설지 않았다.
눈앞을 가리고 있는 안개에 속고 있는 것만 같았다.

그래서 눈을 감았다.

눈앞에 보이는 적운이란 존재를 지워 버리고, 오로지 그
가 일으킨 기운만을 느끼려 했다. 그렇게 하는 게 옳다고

여겼다. 다른 누구도 아닌 그 자신이 말이다.

깜빡!

찰나는 영원이었다.

영원처럼 길었던 순간이 한 차례의 눈 깜빡임으로 귀결되었다. 그렇게 깨달음을 얻을 수 있었다.

"태극……무한신공?"

"무한(無限)의 해(解). 봤느냐?"

"발치가량만."

"역시 쓸 만하군."

미미하게 고개를 끄덕여 보인 적운이 손에 들고 있던 술병을 소진엽에게 던져 줬다.

탁!

소진엽이 받아 들었다. 언제 물먹은 솜처럼 늘어져 있었냐는 듯 몸에 기력이 넘쳤다. 고통은 사라지고 평상시 경험한 적 없었던 활력이 몸 전체를 장악하고 있었다.

"꿀꺽! 꿀꺽!"

술병 속에 남아 있던 술을 단숨에 동낸 소진엽이 적운을 향해 정중하게 포권해 보였다.

"봉황선부의 기연을 얻은 후학 소진엽이 태극무검선제 어르신께 인사를 올립니다!"

"태극무검선제!"

진여상이 소리를 지르자 태극무검선제—여전히 적운의

얼굴을 한—가 어깨를 가볍게 추어 보였다.

"내가 그런 사람이니라!"

"정말 태극무검선제란 건가요?"

"그렇지."

"말도 안 돼!"

연달아 기함을 터뜨리는 진여상을 그냥 놔둔 채 태극무
검선제가 소진엽에게 손짓했다.

"내게 해 줄 말이 있을 테지."

"사부님에 관한 사항이라면……."

"그놈은 지금 제정신이 아니야. 그냥 내버려두면 아마
모르긴 몰라도 중원인의 절반가량은 죽여야 지랄 발광을
멈출 거야."

"……어르신께서도 막으실 수 없는 겁니까?"

"나?"

태극무검선제가 자신을 가리키곤 고개를 가볍게 흔들어
보였다.

"나는 공식적으로 중원에서 축출된 사람이야. 손가락질
도 제법 많이 받았지."

"황제를 폐위시켜서잖아요!"

진여상이 끼어들자 태극무검선제가 손가락을 들어 보였
다. 좋은 지적을 했다는 표시다.

"그래, 그런 거야."

"그래서 직접 나서지 않으시겠다는 겁니까?"

"나설 필요가 없다는 게 더 옳은 표현이겠지."

"예?"

"내게는 훌륭한 후계자가 있으니까 말이야."

"그건……."

"왜? 내 후계자잖아. 바보 아들 녀석의 제자이기도 하고 말이야. 그러니 책임을 져야지. 중원이 지옥으로 변하는 걸 막는 책임 말이야."

그렇게 자신이 하고 싶은 말을 끝낸 태극무검선제가 어깨를 한 차례 추어 보이곤 한마디를 덧붙였다.

"그리고 날 앞으로 진 노사라 부르거라. 어르신 같은 말을 듣기엔 나는 아직 그렇게 늙지 않았거든."

'늙은 것 같은데…….'

내심 반박하는 소진엽에게 히죽 웃어 보인 태극무검선제가 바닥에 드러 누웠다. 평생 동안 항상 그러했듯 제멋대로 소진엽에게 모든 책임을 떠넘겨 버린 것에 지극히 만족한 표정과 함께.

*　　*　　*

무림맹.

수일 전 천무지회에서 벌어진 항주 혈사, 일명 마신 강림 사건은 정파 무림에 엄청난 피해를 입혔다.

우선 무림 맹주의 유력한 후보였던 음선 제갈약란, 무당 파 장문인 신산진인이 죽었고, 무명고검은 행방불명, 검왕 모용척은 중상을 당했다. 정파 무림의 핵심 절대 고수들 대부분을 잃어버린 것이다.

게다가 천무지회에 참가했던 정파의 각대 문파를 대표 하던 명숙과 고수 중 칠 할가량이 사망했고, 핵심 무력 부 대의 절반 이상이 괴멸되었다. 일거에 정파 무림의 총전력 삼 할 이상이 날아간 셈이다.

그로 인해 생겨난 권력의 공백 상태!

극도의 혼란 속에 빠져 있던 무림맹의 수습을 맡은 건 역시 중상을 당한 총군사 제갈묘재와 거의 유일하게 전력 을 유지한 상태인 창천검무대였다. 제갈묘재의 명령을 받 아 모용경은 창천검무대주이자 무림맹 신임 총대주로서 자 신의 역량을 최대치까지 발휘할 수밖에 없었다.

그렇게 정신없이 열흘가량이 흘러갔다.

총군사전.

탁!

창백한 얼굴을 한 채 산더미처럼 쌓여 있는 보고서를 검 토하고 있던 제갈묘재가 문득 시선을 치켜 올렸다. 한쪽 눈이 흐릿한 건 전날 심한 상처를 입은 후 제대로 된 치료를 받지 못했기 때문이다.

"놀라운 일이로군."

그의 앞에 일다경(一茶頃) 정도 대기하고 있던 모용경이 기다렸다는 듯 대답했다.

"다행스런 일이라고 사료됩니다."

"다행스런 일이라……."

묘한 자조가 섞인 반문과 함께 제갈묘재가 천천히 고개를 끄덕여 보였다.

"……확실히 다행스럽다고 밖엔 할 수 없는 일이겠군. 현 상황에서 천사련이 항주로 진격을 감행해 왔다면 무림 맹은 단숨에 끝장나고 말았을 테니까."

"그렇습니다."

"그래서 어떻게 된 일이지? 항주 부근에서 천무지회를 정탐하고 있던 천사련의 사교도들 숫자만 족히 수천이 넘었을 터인데?"

"보고서에 써진 대로입니다."

"모두 사라졌다고? 하나도 남김없이?"

"예."

"하지만 황산으로 퇴각한 건 아닌 것 같다는 의견도 첨부되어 있군."

"보고서에 적혀 있는 것처럼 인원은 사라졌지만 장비나 물자는 그대로 남아 있었습니다. 무림맹과 장기적인 전쟁을 벌이고 있는 상황에서 그만큼 많은 장비와 물자를 포기한다는 건 있을 수 없는 일이라 생각됩니다."

"일리 있는 말이로군. 그래서?"

"제 생각엔 천사련 역시 무림맹과 비슷한 상황에 봉착했던 것이 아닌가 합니다."

"그 악마가 천사련 역시 박살 냈다는 건가?"

"그렇습니다."

단호하게 대답한 모용경이 살짝 목소리를 낮췄다.

"그리고 황천에서 항주 일대에 깔아 놨던 육선문의 세력 역시 비슷한 일을 당한 것 같습니다."

"그렇다면 남은 건 하나뿐이로군."

"마교!"

"그들이 중원 전체에 선전 포고를 했다?"

"그 외엔 이번에 벌어진 참사의 원인을 찾을 길이 없다고 생각합니다."

"그렇다는 건……."

잠시 말끝을 흐린 제갈묘재의 안색이 침중하게 굳었다.

"……정파를 비롯한 무림 전체의 위기가 도래했다고 봐도 무방하겠군. 그런 악마를 상대할 방도가 내게는 전혀 떠오르지 않으니 말일세."

"……."

패배 선언이나 다름없는 제갈묘재의 말에 모용경이 묘

한 표정을 지어 보였다. 그녀가 알고 있는 무림맹의 총군사는 결코 이와 같은 말을 내뱉는 사람이 아니었기 때문이다.

그것도 잠시뿐.

곧 의혹의 눈빛을 거둔 모용경은 제갈묘재에게 정중하게 고개를 숙이고 작별을 고했다.

총군사전을 빠져나와 황량한 기운이 감도는 무림맹의 연무장을 빠른 걸음으로 가로질러 가던 모용경의 눈에 이채가 어렸다. 자신을 향해 다가오는 몇 사람이 눈에 익었다.

'미검봉명 장원록과 곤륜파의 장로 호연작. 아유가 어째서 저들과 함께 하고 있는 거지? 아니, 그보다 아유도 슬슬 충격에서 벗어날 작정을 한 모양이로구나!'

모용경은 수일간 반쯤 넋이 나가 있던 동생 모용유의 수척한 얼굴을 살피며 내심 안도했다. 팔이 잘리는 중상을 당한 제갈종호에게 그녀가 품고 있는 연심을 근래에야 눈치챘다. 향후 두 사람의 관계가 어찌 될지 걱정이 되지 않을 수 없었다.

그때 제일 먼저 모용경 앞에 도달한 모용유가 살짝 상기된 표정으로 말했다.

"아경 언니, 도대체 어디 갔던 거야?"

"공무 수행 중이었다."

"공무?"

"너는 알 것 없다."

평상시처럼 조금 딱딱한 모용경의 말에 모용유가 입술을 살짝 내밀어 보였다. 내상이 절반도 회복되지 않았음에도 특유의 괄괄한 성정은 변함이 없다.

"쳇! 죽다 살아난 동생한테 쌀쌀맞기는!"

"항상 제갈 대주와 함께하더니, 오늘은 무슨 바람이 불어 날 찾아온 것이냐?"

창백하던 모용유의 안색이 붉어졌다. 갑자기 사람이 달라진 것 같다.

잠시뿐이다.

곧 발끈한 표정이 된 그녀가 발을 구르며 말했다.

"언니란 사람이 이런 식으로 동생의 혼삿길을 막으려는 거야!"

"아니면 말고."

"말을 돌리기는!"

다시 발을 구른 모용유가 일부러 걸음을 늦췄음이 분명한 장원록과 호연작에게 버럭 소리 질렀다.

"공사다망하신 무림맹의 총대주님께 안내했으니까 지금부터는 두 분께서 알아서 하세요!"

"모용 소저의 노고에 감사드리겠소!"

"노, 노고에 감사드리겠소!"

장원록과 호연작이 모용경을 뒤로하고 신형을 날려 가는 모용유를 향해 황급히 포권해 보였다. 그녀의 갑작스런 행동에 두 사람 모두 당황한 기색이 역력하다.

삐죽!

모용유가 문득 고개를 돌리더니 모용경과 두 사람을 향해 혀를 내밀어 보였다. 역시 왈가닥은 왈가닥이다.

'제갈 대주에게 가문의 민폐를 이대로 떠넘겨도 되는지 모르겠구나!'

내심 쓴웃음을 지어 보인 모용경이 시선을 장원록과 호연작에게 던졌다.

"두 분, 제게 무슨 용무가 있으신 건가요?"

장원록이 포권과 함께 말했다.

"본인과 호 도장은 미력하나마 무림맹의 재건에 힘을 보태고 싶습니다."

"그, 그렇소이다! 우리는 그런 좋은 의도로 모용 총대주를 찾아온 것이오! 결코 다른 뜻은 없소이다!"

장원록을 따라 얼른 목청을 높인 호연작이 곧 어색한 표정이 되었다. 굳이 덧붙이지 않아도 될 말을 했다고 여긴 까닭이었다.

그래도 다행이랄까?

모용경은 그런 자잘한 일에 신경 쓰지 않았다. 그녀가

장원록에게 깊은 시선을 던졌다.

"장 소협의 높은 의기에 감사드립니다. 하지만 이번 사태 때 산서 벽력당 측의 피해도 막심했다고 들었습니다. 일단은 가문으로 돌아가야 하지 않을 런지요?"

"그 점이라면 개의치 마십시오. 저는 이미 본가의 소당주가 아니니까요."

"그러면 더더욱 빨리 가문으로 복귀하시는 것이……."

"쓸데없는 부담을 아버님과 동생에게 주고 싶지 않습니다. 향후 제가 나아가야 할 길은 무림맹에 있다고 이미 마음의 결정을 내렸습니다."

"그렇군요."

모용경이 미미하게 고개를 끄덕여 보이곤 눈을 살짝 빛냈다.

눈앞의 준수한 미남자!

한때 자신과 함께 강남을 대표하던 후기지수였던 장원록은 근래 꽤 많이 달라진 것 같았다. 예전의 치기나 오만함을 벗고, 인간적으로 성숙해진 것이다.

그때 호연작이 머뭇거리며 끼어들었다.

"저기 모용 총대주께 빈도가 한 가지 부탁해도 되겠소이까?"

"말씀하세요."

"나중에 빈도에게 잠시 시간을 내주셨으면 하외다."

"그건⋯⋯."

"빈도는 출가한 사람이오! 절대로 삿된 마음을 모용 총대주에게 품은 것이 아니외다!"

"⋯⋯그럼 이유를 말씀해 주세요."

"그것이⋯⋯."

호연작이 잠시 말끝을 흐린 채 몸을 비비 꼬아 보였다.

"⋯⋯빈도가 아주 오래전부터 반드시 완성하고 싶었던 그림이 있는데 모용 총대주가 딱 거기 부합되는 것 같소이다."

"제 그림을 그려 주시겠다는 건가요?"

"비슷하외다! 그래 주실 수 있겠소이까?"

"⋯⋯."

모용경이 흥분한 기색을 얼굴에 그대로 드러내고 있는 호연작을 바라보다 시선을 장원록에게 던졌다. 그의 의견을 구하기 위함이었다.

장원록이 말했다.

"호 도장은 아주 훌륭한 화공입니다."

뻔뻔스럽게 호연작이 동조했다.

"그렇소이다! 빈도는 아주 훌륭한 화공이외다!"

모용경이 내심 고개를 저어 보였다. 호연작에게서 소진엽의 모습을 떠올린 때문이었다.

잠시뿐이다.

곧 냉정한 무림맹의 총대주로 돌아온 그녀가 담담하게 말했다.

"마침 창천검무대를 보좌할 별동대를 편성하던 참이었어요. 두 분께서 참여하시면 필시 큰 도움이 될 거예요."

"명을 받들겠습니다."

"그, 그럼 그림은……."

모용경이 단호하게 말했다.

"그건 향후 호 도장님이 별동대에서 하는 걸 봐서 결정날 사항입니다. 만약 불복하고 싶으면 지금 말씀하세요."

"아니외다! 절대 그렇지 않소이다!"

호연작이 열심히 손을 흔들어 보였다. 그녀와 함께하는 시간이 길어지게 된 것만으로 그는 충분히 만족했다. 일단 완전히 거절을 당한 것도 아니고 말이다.

모용경이 그제야 입가에 살짝 미소를 띠었다.

"그럼 내일까지 창천검무대로 찾아오세요. 저는 처리할 업무가 있어서 이만 작별을 구해야 할 것 같네요."

"예."

"나중에 찾아뵙겠소이다!"

장원록과 호연작이 각자의 개성대로 모용경에게 대답했다.

* * *

밤.

천룡신무대의 재건과 인원 확충 건으로 제갈종호와의 회의를 마친 모용경이 무림맹 외곽을 향해 걸음을 옮겼다.

저벅! 저벅!

한산한 건물 사이를 걸어가는 소리가 들려온다. 그만큼 밤의 적막은 무림맹 전체를 휘감아 돌고 있었다. 마치 완벽하게 정지된 세상 속에 모용경 혼자만 움직이고 있는 듯싶었다.

그러다 그녀가 걸음을 멈췄다.

줄지어 늘어서 있는 위령비의 물결 앞.

수일 전에야 조성된 이곳에는 무려 수천 명이 넘는 사자(死者)들이 잠들어 있었다. 그나마 신분을 파악할 수 있었던 사망자들을 위해 임시로 마련된 묘역이다. 무림맹에 계속 시체들을 쌓아 놓을 순 없었기 때문이다.

그중 모용경의 발길이 멈춘 곳은 음선 제갈약란의 위령비 앞이었다. 마신이 된 담대광을 막아섰던 세 명의 절대고수 중 유일하게 사망이 확인된 사람.

"선배님, 아경이가 왔어요. 너무 늦었죠?"

"……."

대답은 돌아오지 않는다.

그럴 수가 없다.

그녀의 신분과 명호, 이름이 쓰인 위령비 앞에 놓여 있는 건 뼛가루를 담은 작은 단지뿐이었으니까.

그래도 모용경은 개의치 않았다.

정중하게 포권을 취해 보이고 잠시 침묵을 지키고 있던 모용경의 눈이 달빛에 반짝였다. 그 사이 몇 방울의 눈물이 방울방울 흘러내리고 있었다.

그것도 잠시뿐.

곧 소매를 올려 눈가를 재빨리 훔친 모용경이 조금 밝아진 목소리로 말했다.

"선배님의 희생 덕분에 무림맹은 전멸을 면했어요. 피해가 크긴 하지만 각문 각파에 아직 정영들이 남아 있으니까 시간이 지나면 다시 과거의 성세를 회복할 수 있을 거예요. 분명 그럴 거예요. 그러니까 안심하고 편히…… 쉬세요."

"……."

모용경의 목소리가 떨림을 보였다.

다시 눈에는 작은 물방울들이 방울진다.

그래도 여전히 돌아오지 않는 대답. 침묵만이 감도는 위령비 주변으로 스산한 바람이 불어왔다. 마치 귀혼이 강림이라도 한 것처럼 말이다.

그래서일까?

흠칫!

이번에는 딱히 소매로 눈물을 훔치려 하지 않던 모용경이 갑자기 안색을 굳혔다. 위령비의 숲 저편에서 문득 흐릿한 사람의 그림자를 발견했기 때문이다.

등골을 흘러내리는 한기!

만약 평범한 여인이라면 비명을 지르며 졸도했을지도 모른다. 그 정도로 그녀가 맞닥뜨린 상황은 두려움을 주기에 충분했다. 몸 전체로 소름이 돋아 왔다.

그러나 모용경은 무인이었다.

창천검무대를 이끌고 무수히 많은 전장을 경험했다. 혈전과 혈전의 끝에 하나의 날카로운 검으로 벼려졌다.

스슥!

그녀가 위령비 앞에서 살짝 물러섰다. 혹시 모를 기습에 대비하기 위함이다.

'위령비가 있는 장소에서 싸움을 벌일 순 없다! 이곳을 당장 빠져나가야 해!'

사자에 대한 최소한의 예의!

그것이 모용경의 움직임을 제한하고 있었다.

특히 음선 제갈약란의 유해에 조금이라도 해를 끼치고 싶진 않았다. 그러기 위해 발을 재게 놀렸다. 조금이라도 더 그녀의 위령비로부터 멀어지려 했다.

그러다 갑자기 걸음을 멈췄다.

당장 발검에 들어가기 직전이었던 손가락의 움직임 역

시 마찬가지다. 검병의 술을 몇 차례 두드리는 것으로 끝났다. 일시 손가락의 미세한 감각까지를 제어하고 있던 머릿속, 사고가 정지해 버렸기 때문이다.

부들!

그리고 가벼운 떨림을 보인 옥용.

"소 대주님……."

"여어!"

소진엽이 무수히 많은 위령비의 숲 사이로 걸어 나오며 가볍게 손을 들어 보였다. 다른 손에는 이름 모를 들꽃 한 송이가 들려져 있다.

모용경이 재빨리 거기까지 파악하고 눈빛을 가라앉혔다. 격동하고 있던 가슴의 떨림도 빠르게 잦아들었다. 눈앞의 사나이가 어째서 지금 이 순간 자신의 앞에 모습을 드러냈는지 깨달았기 때문이다.

'……나는 뭘 기대했던 걸까?'

내심 한숨과 함께 고개를 저어 보인 모용경이 표정을 일신했다.

"소 대주님, 살아 계셨군요."

"재수가 좋았지. 그렇지 못했던 사람들도 많은 것 같지만……."

나직이 말끝을 흐린 소진엽이 제갈약란의 위령비 앞에 가져온 들꽃을 내려놨다. 바람이 적지 않게 부는 와중에도 용케 꽃은 날아가지 않는다.

그 후 잠시간 이어진 침묵.

제갈약란의 위령비를 한동안 묵묵히 바라보고 있던 소진엽이 역시 침묵하고 있던 모용경에게 돌아섰다. 그녀를 바라보는 표정이 왠지 어색하다.

"……모용 대주의 얼굴을 보게 돼서 다행이로군."

"그게 무슨……?"

"항주에서는 오늘이 마지막 밤이 될 것 같아."

"돌아가시려는 건가요?"

주어가 없는 모용경의 말에 소진엽이 미미하게 고개를 끄덕여 보였다.

"이번에 정파는 엄청난 피해를 당했어. 그러니 한동안 모용 대주도 은인자중하고 있는 게 좋을 거야."

'단지 그뿐인 건가요?'

내심 울컥한 마음에 모용경이 갑자기 검을 뽑아 들었다. 검으로부터 떠났던 손가락을 퉁기며 단숨에 발검했다.

그리고 소진엽을 향한 검끝!

흐릿한 달빛을 가볍게 산란시킨다. 그렇게 소진엽에게 자기 자신을 드러냈다.

"제게 한 가지 대답해 주셔야 할 것이 있어요!"

"그러기 싫다면?"

"제 검을 꺾어야만 합니다!"

"……."

소진엽이 모용경을 바라봤다. 어느새 검과 하나가 되어 있는 그녀를 둘러싼 기운 자체를 살폈다. 자신을 향해 이빨을 드러낸 수백 개나 되는 검기의 흐름을 읽어 낸 것이다.

'성광비천뇌분섬(星光飛天雷分閃)! 성광비천검법의 최후 초식을 펼칠 작정이라면…… 진심이라 봐야겠군.'

자신도 알고 있는 초식이다.

그리 어렵지 않게 파훼할 자신이 있었다.

그러나 소진엽은 그러고 싶지 않았다. 모용경의 눈가에 머물러 있는 눈물 자국을 어렵지 않게 확인할 수 있었기 때문이다.

소진엽이 말했다.

"후회할 수도 있어."

"후회하지 않습니다!"

"좋아."

소진엽이 한 차례 고개를 끄덕이곤 품속에서 옥기린을 꺼내 들었다.

제갈약란에게 돌려받은 무산신녀궁의 신물!

신병이란 이름에 결코 부족함이 없는 이기를 한 차례 손가락으로 매만진 소진엽이 문득 신형을 움직였다. 여전히 성광비천뇌분섬으로 자신을 완벽하게 압박하고 있던 모용경을 향해 정면으로 뛰어든 것이다.

당연히 모용경 역시 반응을 보인다.

스파앗!

이미 발동이 걸려 있던 그녀의 검이 주변을 완벽하게 에워싸고 있던 검기를 실체화시켰다. 억제력만을 발휘하고 있던 검초가 단숨에 살기가 깃든 실초로 변했다.

그러나 거기까지 간파하고 있었던 것이리라!

일순 소진엽의 옥기린이 하얀 광채를 일으키며 자신을 향해 파고들던 검기들을 모조리 박살 냈다. 물리적인 힘이 아니라 검기의 흐름 자체를 한꺼번에 잘라 버렸다. 수백 개가 족히 넘는 각양각색의 검기가 동시에 발동했음에도 말이다.

"아!"

모용경이 입을 가볍게 벌렸다.

쩡!

그와 함께 깨진 검.

요란한 소리와 함께 검신 전체로 균열이 번져 나가다가 작은 폭발을 일으켰다. 검속으로 침범한 검경을 그녀의 검기가 견뎌 내지 못한 것이다.

그렇게 무방비 상태가 된 모용경의 안색이 가볍게 상기되었다. 어느새 자신의 코앞까지 도달해 있는 소진엽의 야성적인 체취에 신경이 쓰였다.

그것도 잠시뿐.

그녀가 이를 악문 채 말했다.

"제 패배입니다!"

"어떻게 패했는지 알겠어?"

"그건……."

모용경이 뭐라 말을 하려다 해연히 놀란 표정이 되었다. 자신의 성광비천뇌분섬을 파훼한 소진엽의 검초가 꽤나 익숙했기 때문이다.

'……성광비천뇌분섬?'

소진엽이 씨익 웃고 뒤로 물러섰다. 그녀의 목에 닿아 있던 옥기린과 함께.

"성광비천뇌분섬! 모용 대주가 패한 건 모용세가의 성광비천검법이야. 그러니 억울할 건 없을 거야."

"어, 어떻게?"

"글쎄."

어깨를 가볍게 추어 보인 소진엽이 수중의 옥기린을 다시 손가락으로 한 차례 쓰다듬고는 모용경에게 던져 줬다.

"소 대주님!"

"그거, 음선 선배님의 유품이야. 모용 대주의 성광비천검법과 아주 잘 어울릴 거야."

"이건 받을 수가 없습니다!"

"그냥 맡아 두라는 거야. 내가 돌아올 때까지."

"도, 돌아오실 겁니까?"

"지난번에도 말했다시피 나는 마도인이야. 하지만 태극무검선제와 봉황여제의 후인이기도 해."

"그럴 수가!"

"놀랍지? 나라도 믿긴 힘든 얘기야. 하지만 모용 대주는 믿어 줬으면 해."

"그래서 제 성광비천뇌분섬을 같은 성광비천뇌분섬으로 파훼하신 건가요?"

"뭐, 그럼 셈이지."

미미하게 고개를 끄덕여 보인 소진엽이 눈에 강한 기운을 담았다.

"모용 대주에게 했던 약속을 나는 반드시 지킬 거야. 그러기 위해 떠나는 거야. 그러니까……."

"믿겠습니다!"

"……믿어 줄 거야?"

"예! 저는 당신의 부대주니까요!"

모용경이 열기 어린 대답과 함께 옥기린을 품에 집어넣었다. 소진엽이 한 말대로 그가 돌아올 때까지 맡아 두겠다는 의지를 드러낸 것이다.

'바보 같기는…….'

소진엽이 자신의 말에 또다시 속아 넘어간 모용경에게 쓴웃음을 지어 보이고 신형을 돌려세웠다. 더 이상 그녀의 신뢰 어린 눈빛을 감당하기 어려웠기 때문이다.

슥!

그렇게 소진엽이 모용경의 촉촉하게 젖은 시선을 뒤로
하고 신형을 야천으로 뽑아 올렸다. 나타날 때와 마찬가지
로 홀연히 그녀의 곁을 떠나갔다.

'소 대주님……'

모용경은 그리 쉽게 발길을 돌리지 못했다.

소진엽이 떠나고도 한참이 지나도록 위령비의 숲을 서
성거렸다. 그렇게 소진엽이 남긴 흔적을 더듬으며 밤이 깊
도록 머물러 있었다.

＊　　　　＊　　　　＊

새벽.

평상시처럼 동굴을 나와 장작으로 쓸 잔가지를 주우러
나왔던 진여상의 눈에 이채가 어렸다. 저 멀리 움트는 여
명의 끝자락을 붙잡고 신형을 날려 오는 소진엽의 모습을
발견했기 때문이다.

'돌아 왔네?'

의외다.

소진엽은 하루의 기한을 정해 놓고 동굴을 떠났었다. 하
지만 정말로 그 약속을 지킬 줄은 몰랐다. 약속의 상대가

태극무검선제를 자칭하는 괴인이라 해도 말이다.

하긴 그렇게 따지면 진여상도 이상하긴 마찬가지다.

무림맹을 빠져나온 후 태극무검선제는 진여상에게 자신의 곁에 남을 것을 강요하지 않았다. 그가 소교주 소진엽을 구한 시점에서 계속 남아 있을 이유는 없었다. 사실 소진엽과 그만한 의리를 나눈 것도 아니다.

하지만 진여상은 태극무검선제의 곁을 떠나지 않았다.

줄곧 그의 곁을 지키고 있었다.

왜?

문득 스스로에게 질문을 던진 진여상이 태극무검선제의 얼굴을 떠올리곤 눈살을 찌푸렸다. 태극무검선제가 빌려쓰고 있는 몸의 주인인 적운과 과거 나눴던 기억들이 주마등처럼 뇌리를 스쳐 갔기 때문이다.

'태극무검선제 따위는 상관할 바 아니지만 적운, 그 얼빠진 바보 도사와는 다시 만나서 몇 가지 물어볼 게 있다. 그래서 나는 이곳에 남아 있는 거야. 단지 그뿐인 거야.'

진여상이 내심 중얼거렸다. 이윽고 거진 지척까지 도달한 소진엽에게 퉁명스레 말했다.

"소교주님도 생각보다 부지런하시군요?"

"진 노사님은 어디 계시지?"

"자요. 여태까지처럼."

진여상이 시선을 동굴 쪽으로 던졌다.

꽤나 불만스런 표정이다. 마도인으로서 정파의 전설적인 인물인 태극무검선제에게 하인처럼 부림을 당하고 있는 현 상황이 짜증이 나기도 했으리라.

아니다.

그렇다기보다 그녀는 혼란스러워 보였다. 태극무검선제를 만난 후 마도인으로서의 정체성이 흔들리기 시작한 듯 싶었다. 적어도 소진엽이 보기엔 그러했다.

'나 역시 그녀와 다르지 않으니까……'

내심 쓴웃음을 지어 보인 소진엽이 동굴로 걸음을 옮겼다.

진여상이 그런 그를 잠시 바라보다 다시 잔가지를 주우러 신형을 날렸다. 태극무검선제가 깨어나기 전에 불을 피우고, 식사를 준비하려면 조금 더 부지런히 움직여야만 할 터였다.

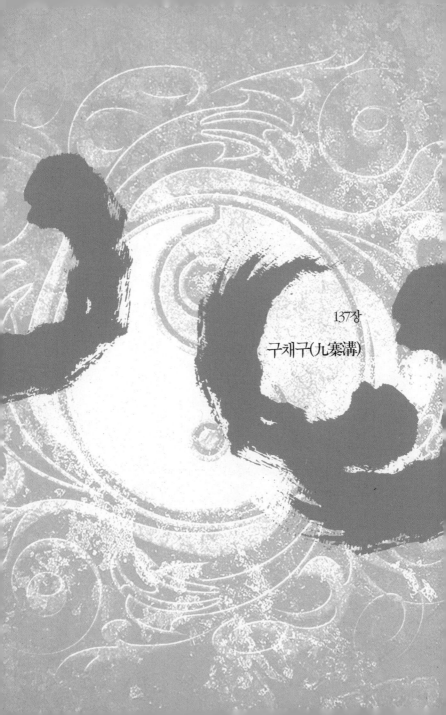

137장

구채구(九寨溝)

천목산(天目山).

경황야는 극심한 혼란에 빠진 표정으로 항주 시내를 망연하게 바라보고 있었다.

당연하다면 당연하달까?

그의 시야 속에는 무림맹 역시 머물러 있다.

바로 며칠 전 그의 모든 야망이 붕괴했던 장소. 항상 얕봐 왔던 황제가 내려 준 아량에 대한 모멸감과 회한 속에 자진을 선택했던 장소.

그곳이 거짓말처럼 눈 속으로 파고들었다.

절대 고수의 초인적인 안력은 자연스럽게 무림맹에서

바삐 움직이는 무수히 많은 사람들을 하나하나 잡아낸다. 마신이 된 담대광에 의해 피바다를 이뤘던 전날의 악몽을 하나하나 지워 가고 있는 모습을 하나도 빠짐없이 확인해 간다.

그러다 돌려진 시선!

산하(山下)가 아닌 창천(蒼天)으로 시선을 옮긴 경황야의 입가에 가느다란 한숨이 머물렀다. 자신의 현 상황을 비로소 있는 그대로 받아들인 것이다.

'황제의 곁에 태극무검선제가 있었음을 몰랐던 것으로 내 패배는 결정된 것이었다. 특별히 아쉬워할 것은 없어. 하지만 나는 태극무검선제의 제의를 받아들여야만 하는 것일까?'

자진.

결코 거짓이 아니었다.

진실하게 경황야는 무림맹에서 자신의 목숨을 끊었다. 황제에게 철저히 패배했음을 인정했다.

하지만 그는 거짓말처럼 부활했다.

아니, 그렇다기보다는 죽음 일보 직전에 기적적으로 생환했다고 함이 옳겠다. 어떻게 그런 일이 가능했는지는 모르겠으나 그렇게 되었다.

게다가 놀라운 점은 그뿐만이 아니었다.

스스로 세상을 등질 선택을 했던 그때, 완전히 무너졌던 내공이 지금은 온전히 회복되어 있었다. 무명고검 시절의 무위를 완벽하게 되찾았다.

그래서일까?

그는 더 이상 죽고 싶지 않았다.

과거 품었던 웅지(雄志)의 일부분을 되찾았기 때문이다.

착각이다.

완벽한 오산이었다.

곧 가슴속을 가득 메운 건 자괴감이었다. 자신의 생사여탈을 아무렇지도 않게 결정한 태극무검선제란 존재에게 결코 넘을 수 없는 거대한 벽을 느꼈기 때문이다.

'태극무검선제가 내게 특별한 제재를 가하지 않은 건 필경 이러한 까닭일 것이다. 그런 게 없어도 나 따위는 더 이상 황제에게 위협이 되지 않을 것임을……'

사유를 거듭하던 중 경황야가 고개를 크게 흔들었다.

가슴속에서 끊임없이 샘솟는 패배감!

그런 것에 계속 휘둘릴 순 없었다. 사실 그는 이미 결정을 내리고 있었다. 이런 고민은 그야말로 의미 없는 요식 행위에 불과했다.

경황야가 손을 들어 올리자 그의 뒤로 각기 다른 복색을 한 두 명의 복면인이 모습을 드러냈다. 그가 회천대업을 위해 전력으로 키웠던 양대 세력의 대리인이자 심복들이다. 비선을 통한 비상 연락망을 받아 들고 수일 만에 항주로 달려왔다. 주인의 명령을 받들기 위해서 말이다.

경황야가 여전히 항주 시내에서 시선을 떼지 않고 말했다.

"황천비영주로서 명한다! 지금 이 시점부로 은밀비영 일조를 발한다!"

"목표는 무엇입니까?"

"십여 일 전 무림맹을 피바다로 만들고 떠난 신마대제 담대광! 기한은 삼 일이다!"

"존명!"

복명과 함께 검은 복면인이 신형을 뒤로 날렸다. 황천비영의 모든 인력이 한꺼번에 움직이는 은밀비영 일 조를 지금 당장 발동시키기 위함이었다.

경황야의 목소리가 조금 달라졌다.

"천사련주, 황산에서 꽤나 빨리 왔군? 아니면 미리부터 항주 주변에 진을 치고 있었던지?"

"제가 어찌 감히!"

살짝 고개를 숙이는 천사련주를 향해 경황야가 슬쩍 손을 흔들어 보였다.

"뭐, 됐고! 연옥에서 캐낸 신마대제를 다시 제어할 방도는 여전히 없는 거겠지?"

"……그렇습니다."

"그렇겠지. 그런 괴물을 제어할 방도를 찾아냈다면 내

명령에 따를 이유가 없었을 테니까."

"……."

"죄를 씻을 기회를 주겠다! 지금 당장 천사련의 전 병력을 집결하도록!"

"목표는 신마대제입니까?"

"그렇다. 그 인세에 존재해선 안 될 괴물을 반드시 내 손으로 끝장낼 것이다!"

"그게 가능하다고 보십니까?"

"가능하지 않으면?"

그제야 신형을 돌려세운 경황야가 태양이 무색하리만치 이글거리는 눈빛을 천사련주에게 던졌다.

"네 마음속에 역심이 있음을 안다! 하지만 천사련은 본래 내 것! 만약 내 명령에 따르지 못하겠다면 당장 네놈을 칠공토혈하게 한 후 다시 천사련을 접수하겠다!"

"황야께서 언제든 절 죽일 수 있다는 걸 알고 있습니다. 제게 내주신 천사도 무공의 약점을 속속들이 알고 계시니까요."

"단지 그뿐이라고 생각하느냐?"

"그……."

천사련주가 뭐라 말하려다 눈에서 핏물을 쏟아 냈다. 경황야의 말대로 칠공토혈을 하기 시작한 것이다.

"……쿠억! 쿠어억!"

뿐만 아니라 천사련주는 어느새 바닥을 뒹굴기 시작했다. 칠공토혈과 함께 찾아든 고통을 견디기 힘들었다. 내장이 수만 개나 되는 칼날에 저며지는 듯했다.

그러다 가까스로 고통에서 벗어나 바닥에 널브러져 있는 천사련주에게 경황야가 냉정한 시선을 던졌다. 마치 버러지를 바라보는 것 같다.

"네 주제를 이제는 알았을 것이다. 역시 삼 일의 기한을 줄 테니 천사련의 전 병력을 이끌고 오도록 하라."

"조, 존명."

힘겨운 복명과 함께 천사련주가 경황야의 곁을 떠나갔다. 한시라도 더 그의 곁에 있기 싫었으리라.

*   *   *

다각! 다각!

새벽의 초입, 항주를 떠난 마차는 맹렬한 속도로 사천으로 향하는 관도를 내달리고 있었다.

어자석에 앉아 말을 모는 건 진여상.

천금을 줘도 구하기 어렵다는 서역 대완구를 여섯 마리나 구해 오고, 마차를 마련하고, 여행 준비까지 모두 했다. 그리고 지금은 마차까지 직접 몰고 있었다.

빵빵! 퉁퉁!

두 볼이 튀어나오고, 입술이 삐죽 튀어나오지 않을 수 없다. 여태까지 이런 대접을 당해 본 적이 없기 때문이다.

'망할 놈들! 사내새끼들이 맨날 지들끼리 들러붙어서 무슨 짓을 하고 있는 거람!'

천시지청술 같은 걸 사용해 보지 않은 게 아니다.

온갖 방법으로 마차 내부를 탐문 했다.

태극무검선제이나 소교주 소진엽에게서 신공절학의 단편이라도 얻을 수 있지 않을까 하는 기대 때문이었다.

하지만 씨도 안 먹힌달까?

모든 능력을 총동원하고서 그녀가 내린 결론은 얻을 만한 게 전혀 없다는 것이었다. 아니, 그렇다기 보단 그냥 아무것도 파악할 수 없었다. 일종의 호신강기가 펼쳐진 것처럼 어떤 움직임이나 소리도 들리지 않았으니까.

그렇게 진여상의 불만이 극에 달해 갈 때였다.

갸웃!

마차 안에서 태극무한신공의 심상 수련에 빠져 있는 소진엽을 빙글거리며 바라보고 있던 태극무검선제가 고개를 옆으로 까닥였다. 입가에는 미묘한 미소가 머물러 있다.

'황천을 꿈꿨던 자답게 그리 덜떨어진 인사는 아니로군. 이로써 시간을 좀 벌 수 있을 테지?'

인간의 경지를 뛰어넘은 그의 초월안이 향한 곳.

바로 얼마 전 죽어가던 중에 삶을 구한 경황야가 머물러 있는 천목산이다. 항주를 떠난 담대광의 발걸음을 조금이라도 늦추기 위해 태극무검선제는 황제의 명령을 제멋대로 어긴 것이다.

물론 또 다른 이유도 있다.

눈앞의 소진엽!

놀랍게도 담대광의 신마절기와 자신의 태극쌍극진기를 한 몸에 지닌 신통방통한 녀석이다. 현 천하를 몽땅 뒤져도 이만한 인재는 찾기 어려울 터였다.

그래서 태극무검선제는 승부를 걸기로 했다. 마도(魔道)에 빠져 버린 담대광을 소진엽을 이용해 정도(正道)로 돌아서게 할 작정을 한 것이다.

'그래서 씨를 뿌려 주긴 했는데…… 제때에 시간을 맞출지는 모르겠구나! 뭐, 그것도 빌어먹을 천도(天道)일 테니 내가 이 이상 나설 수는 없을 테지.'

사실 이건 속임수다.

이미 태극무검선제는 천계에 발을 디딘 자로서 제법 크게 금도(禁道)를 범하고 있었다. 그저 인간계에 관심을 갖는 것과 지금처럼 영향을 미치는 건 아주 큰 차이가 있기 때문이다.

하지만 그게 뭐가 대수일까?

언제나처럼 한 차례 히죽 웃는 것으로 마음속의 거리낌을 비워 버린 태극무검선제가 소진엽의 머리에 군밤을 박았다. 그의 심상 수련을 아무렇지도 않게 깨뜨려 버린 것이다.

따악!

"헉!"

당혹한 신음과 함께 현실로 돌아온 소진엽에게 태극무검선제가 말했다.

"밥 먹자."

"……."

"밥 먹자고!"

태극무검선제가 언성을 살짝 높이자 소진엽이 입에 한숨을 담았다.

"하아, 건포라도 괜찮겠습니까?"

"일단 먹어 보고."

태극무검선제가 내민 손에 건포를 잘게 찢어서 올려 준 소진엽이 내심 고개를 가로저었다. 마치 천하의 진미라도 되는 것처럼 건포를 음미하듯 씹어 먹는 그의 모습에 머릿속이 혼란스러웠다. 함께한 지 며칠이 훌쩍 지났음에도 당최 적응이 되지 않았다.

'그동안 이해 가지 않았던 태극무한신공이나 단천뢰심강에 관해 상세하게 설명해 주시는 건 좋은데…… 아무리 봐도 진짜 도사 같지는 않은 분이다. 아니, 그건 그렇다 치고 진짜 나 혼자서 사부님의 폭주를 막게 하려는 걸까?'

핵심이다.

태극무검선제의 뜬금없는 후계자 선언에 소진엽은 며칠간 수차례나 당혹감에 빠졌다. 뼛속 깊숙이 마도인이라 생각하는 자신이 전대 정파제일고수인 태극무검선제 본인에게 직접 후계자로 지목되었기 때문이다.

게다가 태극무검선제는 뻔뻔스럽게도 사부 담대광의 폭주를 소진엽더러 막으라고 했다. 그 자신도 어쩌지 못했던 마신의 대폭주를 말이다.

그래서 소진엽은 하루하루가 지옥 같았다.

전날 담대광에게 달려들었던 호기는 이미 종적을 감췄다.

깨끗하게 소멸했다.

다신 그와 맞닥뜨리고 싶지 않았다. 죽음보다 더한 고통과 절망을 또다시 느끼고 싶진 않았다.

하지만 눈앞에 있는 사람은 태극무검선제였다.

정확하게는 적운의 몸을 빌리고 있는 탈인간적인 존재였다.

그가 소진엽을 지목했고, 함께 담대광의 뒤를 추격하고 있었다. 특별히 구속하려 하진 않았으나 영혼까지 꽁꽁 묶였다. 아예 도망칠 엄두도 낼 수 없었다.

'그런 주제에 지금처럼 무공 수련은 또 툭하면 방해하고 있으니……'

내심 투덜거린 소진엽이 다시 건포 한 덩이를 끄집어내 먹기 좋게 잘게 잘랐다. 태극무검선제가 그새 내준 건포를 몽땅 먹어 버렸기 때문이다.

　"진 노사님, 건포가 입에 맞으시나 봅니다?"

　"내가 맛있어서 먹는 것처럼 보이느냐?"

　"그럼……."

　"내가 빌려 쓰고 있는 몸의 주인 녀석을 아사시킬 수 없어서 어쩔 수 없이 먹는 거야. 이놈의 건포는 뭐가 이리 짜?"

　"……물 드릴까요?"

　"술 줘!"

　태극무검선제가 손가락을 한 차례 까딱이자 소진엽의 허리춤에 매달려 있던 호리병이 공중으로 불쑥 튀어 올랐다.

　탁!

　그 짧은 틈을 놓치지 않고 태극무검선제가 호리병을 낚아챘다. 그리고 입에 가져다 대는 것까지 일련의 동작이 물 흐르듯이 한순간 만에 이뤄졌다.

　'빠르다!'

　소진엽이 언제 투덜거렸냐는 듯 놀란 기색이 되었다.

　단순하고 간결한 태극무검선제의 손놀림 속에서 태극무한신공의 정수 중 하나를 엿봤다. 찰나간에 깨달음을 얻었다. 여태까지의 심상 수련에서 얻은 것을 월등히 뛰어넘을 정도로 말이다.

그런 감격도 잠시뿐이었다.

따악!

다시 태극무검선제가 군밤을 때려서 그를 현실로 끌어내렸다. 정말 무공 수련에 전혀 도움을 주지 않는 사람이다.

"건포 더 내놔!"

"……."

"건포 더 내놓으라고 하잖아!"

"……예."

소진엽이 저도 모르게 입가에 한숨을 매단 채 고개를 주억거렸다. 사부 담대광에게 굴려질 때보다 육체적으론 덜 힘들지만, 정신적인 피로도는 훨씬 심했다. 어떻게 대해야 할지 가늠이 되지 않았기 때문이다.

그러거나 말거나 소진엽이 건네준 건포를 술과 함께 순식간에 게 눈 감추듯이 먹어 치운 태극무검선제가 히죽 웃었다. 정말 얄밉기 이를 데 없는 표정은 덤이다.

"네놈은 너무 생각이 많은 게 탈이다. 아니, 그보다는 걱정이 많다고 할까?"

"그렇게 섬세한 성격은 아니라고 생각합니다만?"

"섬세한 게 아니라 색(色)을 밝히는 게지."

"예?"

소진엽이 짐짓 모른 척 반문하다 다시 군밤을 얻어맞고 머리를 감싸 쥐었다.

이미 무공이 절대 지경을 뛰어넘은 터.

세간의 호사가들이 종종 말하곤 하는 등봉조극(登峯造極)에 오기조원(五氣朝元)을 이뤘다고 할 수 있었다. 무학으로선 더 이상 앞을 바라볼 수 없는 상황에 이른 것이다.

그런데 이렇게 쉽게 당할 수가 있는가!

소진엽은 정신을 바짝 차렸다.

정신을 집중해 태극무검선제를 노려봤다. 그에게 더 이상 군밤을 얻어맞지 않기 위해서였다.

그러나 그 순간 다시 머릿속을 울린 격렬한 통증!

따악!

태극무검선제에게 세 번째로 군밤을 얻어맞은 소진엽의 얼굴에 체념의 기운이 스쳐 갔다. 현재 자신의 능력으로는 도저히 눈앞의 태극무검선제를 예측할 수 없음을 어렵사리 인정한 것이다.

태극무검선제가 히죽거렸다.

"색만 밝히는 게 아니라 포기도 빠른 놈이로구나. 그동안 계집을 몇 명이나 후린 것이냐?"

"그런 거 아닙니다!"

"그럼 사내를 후린 거냐?"

"푸헉!"

소진엽이 기혈이 막혀 기침을 터뜨렸다. 갑자기 예상치도 못했던 허를 찔린 것이다.

태극무검선제가 박수를 쳤다.

"정곡을 찔렸구나! 정곡을 찔렸어!"

"아닙니다! 절대 아닙니다!"

"그런데 어째서 얼굴은 그렇게 붉히고 있는 것이냐? 뭐, 너무 부끄러워하지 말거라. 내가 한동안 중원을 떠나 천하를 주유해 보니 음양의 도리 같은 건 다 헛된 것이더구나. 굳이 세상이 정해 놓은 길로 걸어가지 않아도 딱히……."

"아니라니깐요! 저는 여자를 정말 정말 좋아합니다! 다른 길 따윈 걷고 싶지 않다고요!"

"……그럼 몇 명이나 후렸는데?"

"사, 사랑하는 여인이 한 명 있습니다."

"한 명만?"

"그렇습니다!"

단호한 소진엽의 대답에 태극무검선제가 재미없다는 표정이 되었다. 거짓말이 아니란 걸 대번에 눈치챈 까닭이었다.

'하지만 이놈아! 네놈 얼굴에 도화살이 가득한 게 향후 인생이 생각처럼 쉽게 풀리진 않을 것이니라!'

내심 히죽거린 태극무검선제가 다시 손을 내밀자 소진

엽이 살짝 질린 표정으로 말했다.

"진 노사님, 정말 적운 형의 몸을 위해서 음식을 섭취하시는 겁니까?"

"날 의심하는 거냐?"

"그런 것이 아니라 좀 이상해서 그럽니다."

"뭐가 이상한데?"

"적운 형은 오랫동안 고된 수행을 지속해 온 도사입니다. 항상 소식을 하며 몸을 단련했는데, 갑자기 이렇게 많은 음식을 원할 리 없지 않습니까?"

"내가 언제 이놈의 몸이 음식을 원한다고 했더냐?"

"예?"

"현재 이놈의 몸을 차지하고 있는 건 나다. 그러니 식성은 당연히 내 취향대로 정한다는 것이다."

"……."

"뭐, 불만 있냐?"

태극무검선제가 살짝 꼬나보자 소진엽이 얼른 시선을 내리깔았다. 태도 역시 무척이나 공손해진다.

"전혀 없습니다!"

"생긴 것답지 않게 비굴하구나?"

"그렇게 신마대제 사부님 밑에서 살아남았습니다!"

"헐!"

태극무검선제가 나직이 너털웃음을 터뜨렸다. 어이없다

기보다는 꽤 유쾌해 보이는 표정이다.

'이런 말을 하면서도 얼굴에 한 점의 부끄러움도 없다니, 정말 재밌는 놈이로군. 보기 드문 천품만큼 마음에 드는 성격이야. 내가 중원을 떠나 있는 동안에도 인재는 계속 세상에 등장했다는 뜻일 테지……'

천품!

하늘이 내려 준 그릇을 뜻한다.

불가에서는 불성(佛性)이라 하고, 선도에서는 선골(仙骨)이라 한다. 인세에 태어날 때부터 본디 지녔던 그릇은 변함이 없고, 인생의 궤적 역시 이를 따르게 마련이다.

즉, 사주팔자(四柱八字)다.

타고난 대로 살아간다는 말의 다른 표현이다.

헛소리다!

이 말을 꺼낸 사람이 태극무검선제이고, 그가 일생 그같은 걸 안중에도 두지 않고 살았기 때문이다.

눈앞의 소진엽에겐 본래 타고난 뛰어난 불성이나 선골이 조금도 없었다.

평범한 천품이다.

기껏해야 범인보다 조금 나은 정도였다. 지닌바 무공 자질보다 더 나을 것도 없었다.

하지만 그런 자가 놀랍게도 도가 무학의 정수라 할 수 있는 무당파의 현공을 거의 대성했다. 태극무한신공과 단천뢰심강이란 천하의 절학을 완성 직전까지 연마한 것이다.

게다가 마교의 절세 마학의 경지 역시 비슷했다.

각기 다른 절대 무공을 한 몸에 지닌 기린아!

바로 눈앞의 평범한 천품의 소유자다. 태극무검선제 자신 이후 처음으로 하늘이 정해 준 그릇을 대차게 깨뜨려 버린 유쾌한 후배였다.

그래서 태극무검선제는 살짝 기대하게 되었다.

자신의 불초한 아들.

어쩌면 향후 천하를 피바다로 만들지도 모를 담대광의 앞을 가로막을 가능성을 엿봤다. 그렇게 되지 않으면 곤란할 테고 말이다.

그 같은 생각과 함께 태극무검선제가 소진엽에게 불쑥 말했다.

"꿍쳐 놓은 술 더 있지?"

"그건……."

"아끼지 말고 그냥 내 놔. 어차피 언젠가는 내 입으로 들어갈 거니까."

"……예."

소진엽이 기어 들어가는 대답과 함께 봇짐 속 깊숙이 넣어 놨던 호리병을 꺼냈다. 눈앞의 태극무검선제는 사부 담대광처럼 그가 제어할 수 없는 사람이 분명했다.

그때 마차 밖에서 진여상의 쨍쨍거리는 목소리가 들려왔다.

"곧 사천 땅이에요! 더 이상 마차로는 이동하기 힘들다고요!"

"마차를 버리고 말로 이동하면 되잖아."

"말도 못 가요!"

"그럼 가마를 준비해."

한 점 망설임도 없는 태극무검선제의 말에 진여상이 분노 어린 목소리로 소리쳤다.

"꼭 그렇게 해야겠어요!"

"물론."

태극무검선제가 대답과 함께 한마디 첨언하는 걸 잊지 않았다.

"기왕이면 예쁘고 어린 여자들로 준비해 줘. 햇빛을 가리는 차양도 잊지 않고."

"……"

소진엽이 입을 벌렸고, 진여상은 잠시 침묵에 빠졌다.

그럴 수밖에 없었다.

두 사람 모두 태극무검선제가 한 말이 진심임을 알고 있었기 때문이다.

*   *   *

사천.

항주를 떠난 후 한 달 하고 보름이 조금 지났을 때였다.

황급히 황천비영의 전 세력을 수습한 경황야는 곧 황산에서 천사련의 전 세력을 이끌고 온 천사련주와 합류했다.

회천대업!

황천을 수중에 넣는 대망의 원천이었던 양대 세력을 합치자 그 숫자는 거진 일만에 육박했다. 일반 군병이 아니라 무공으로 단련된 정예가 그 정도나 되는 숫자였다.

그것만으로 끝이 아니다.

경황야에겐 천사련주를 비롯한 네 명의 사황(邪皇)이 있었다. 본래 무당파 장문인이자 사부였던 신산진인이 죽어이젠 세 명뿐이나 하나같이 절대급의 고수였다. 황궁비고의 무수히 많은 영약과 무공비급, 그리고 제후(帝后)로 만들어 주겠다는 약속으로 끌어들인 그의 진정한 힘이었다.

경황야의 곁에 바짝 붙어 서 있던 천사련주가 살짝 허리를 숙여 보였다.

"명하신 대로 파천객(破天客)과 독안괴혈검(獨眼怪血劍)이 십리정(十里井)에 도착했습니다."

"신마대제는 여전히 움직임이 없고?"

"십리정에서 삼십 리가량 떨어진 구채구에 들어간 후 아직 모습을 드러내지 않고 있습니다."

"그런 걸 잘도 자신하는군?"

"구채구는 천험의 요새나 다름없습니다. 정봉인 황룡(黃龍)에서 흘러내린 물이 아홉 개의 호수를 이루며 주변을 휘어 감고 있을뿐더러 주변은 온통 험악한 산세이기 때문입니다. 해서⋯⋯."

"해서?"

처음으로 자신에게 시선을 돌린 경황야에게 더욱 허리를 숙인 천사련주가 조심스레 말을 이었다.

"⋯⋯해서 신마대제가 구채구의 영역을 벗어나기 위해선 단 두 가지 방법밖엔 없습니다. 첫 번째는 천사교도들이 철통같이 지키고 있는 몇 개의 출구로 나오는 것이고, 두 번째는 주변의 높은 산봉을 뛰어넘는 것입니다."

"그러니 멀리서도 확인이 가능하겠군?"

"그렇습니다."

"좋아."

미미하게 고개를 끄덕여 보인 경황야가 눈에 은은한 안광을 담은 채 말했다.

"지금 즉시 십리정으로 이동해 파천객과 독안괴혈검과 합류하도록 한다!"

"곧바로 구채구로 공격하실 작정이십니까?"

"선봉이 되어 줄 자들이 왔지 않나? 너구리를 굴속에서 빠져나오게 하려면 불을 지르는 게 최고지만, 구채구는 물이 많아서 그 방법을 사용하지 못하니까 이 방법밖엔 사용할 게 없어. 불만 있나?"

"어찌 속하가 감히!"

"그럼 당장 가 봐!"

"존명!"

다시 허리를 숙여 보인 천사련주가 눈에 은밀한 기광을 번뜩이고 얼른 뒷걸음질 쳤다.

선봉이 되어 줄 자들!

이번에 십리정에서 합류할 파천객과 독안괴혈검은 명성 높은 육괴 중 두 명으로 정사중간의 인물들이었다. 꽤나 오랫동안 정사마 어디에도 속하지 않은 채 천하를 제멋대로 돌아다니다 경황야에게 포섭되었다.

당연히 그들은 정이나 의리, 충성심, 명예 따위를 전혀 개의치 않는, 절대 믿을 수 없는 인사들이었다. 회천대업의 꿈을 포기한 경황야가 크게 비중을 둘 이유가 없었다.

'흥! 하긴 그 점은 나 역시 마찬가지일 테지. 사황 중 황야가 유일하게 존중했던 건 사부로 여겼던 신산진인뿐이었으니까. 하지만 내가 언제까지 당하고만 있을 줄 안다면 오산일 것이다!'

내심 냉소한 천사련주가 이를 악문 채 수하들에게 향했다. 자신의 모든 것을 투입해 키운 천사련의 최정예 전부를 사지(死地)로 몰아넣을 명령을 내리기 위함이었다.

또옥! 똑!

얼굴로 떨어져 내리는 물방울의 느낌.

문득 담대광은 손을 들어서 자신의 얼굴을 문질렀다. 목이 말랐기 때문이다.

당연히 혀도 같이 사용한다.

말라 버린 입술을 적시는 수분을 허겁지겁 빨아먹었다. 한껏 흡입했다. 한 방울도 헛되이 낭비하지 않았다. 흘러 내리게 내버려두지 않았다.

그러자 생기가 돌아온다.

흡사 바싹 말라 있던 몸이 잠에서 깨어나는 것 같다. 단지 몇 방울의 수분이 순식간에 몸 전체로 퍼져 나가 인세에 존재해선 안 될 거대한 마기를 형성시켰다.

부들!

몸이 떨린다.

잔경련이 마치 지진이라도 일어난 것처럼 마구 일어났다. 잠들어 있던 마기가 본격적으로 기지개를 켜기 시작했다. 완전히 탈진해 쓰러지기 전과 마찬가지로 전혀 제어할 수 없을 정도로 순식간에 거대하게 부풀어 올랐다.

'안 돼!'

그때 갑자기 담대광의 뇌리 속에서 작은 중얼거림이 불쑥 튀어나왔다.

노도와 같은 마기!

울부짖을 준비를 마친 마기!

기지개를 켜고 다시 움직이려 하는 인세의 악몽과도 같은 기운에 비하면 극히 미미한 저항이다. 헛된 몸부림이나 다름없는 작은 기운이었다.

그러나 아주 의미가 없는 것도 아니었다.

번쩍!

문득 섬뜩한 마안이 깃든 눈을 뜬 담대광이 자신의 얼굴로 물을 떨어뜨리고 있던 작은 소녀의 손목을 낚아챘다.

"아!"

소녀가 당황해 울먹이는 표정이 되었다.

얼굴이 검고 옷차림이 촌스럽긴 하나 눈빛이 맑다. 이대로 자라면 필시 좋은 남자를 만나 다복한 가정을 이룰 것이 분명하다.

'그런데 하필 나 같은 마신을 만나고 말았구나!'

이 역시 작은 뇌까림이다.

그리 길게 이어지지 않을 작은 몸부림이었다.

"노, 놓아 주세요! 놓아 주세요!"

소녀가 울부짖으며 소리치자 담대광이 그녀를 바닥에 집어던졌다. 아름답기만 할 뿐 인간이 마셔선 안 되는 죽음의 물을 양껏 들이켜고 탈진해 쓰러진 자신에게 친절을 베푼 소녀를 쓰레기처럼 다뤘다. 그녀가 가져온 생명의 물로 생기를 되찾은 몸으로 말이다.

그것으로 끝일 리 없다.

파팟!

이어 정신을 잃은 그녀를 덮친 그의 입이 길게 찢어졌다. 기다랗게 튀어나온 두 개의 어금니를 드러냈다. 의식을 회복함과 동시에 잠시 유지하고 있던 인간의 육체를 벗어 던졌다. 마귀의 본령으로 돌아갔다.

아니다.

아직 아니었다.

담대광의 긴 어금니가 소녀의 목덜미 바로 앞에서 멈췄다. 지독스레 유혹적인 먹잇감을 포기했다. 마신이 된 후 처음으로 살육의 본능에 제동을 거는 데 성공했다.

물론 찰나에 불과했다.

갑자기 찾아든 변덕이라 할 수 있었다.

팟!

누구보다 그 같은 이치를 잘 알고 있는 담대광이 재빨리 소녀에게서 떨어져 나왔다. 그리고 정신을 집중한다. 눈앞에 널브러져 있는 소녀를 대신할 사냥감을 찾기 위함이었다.

'있다!'

그리 어렵진 않았다.

십여 리쯤 산길을 따라 내려가면 오늘따라 약초를 캐러 멀리 나온 소녀가 살고 있는 마을이 있었다.

대충 백여 호가량?

방금 눈을 뜬 마신의 허기를 잠시 달래는 데는 충분한 숫자다. 수많은 생령들이 활기차게 돌아다니고 있었다.

스파앗!

담대광이 어느새 다시 모습을 드러낸 검은 날개를 펄럭이며 하늘로 날아올랐다.

여전히 정신을 잃고 있는 소녀.

그녀에게서 흘러나오는 달콤한 냄새를 피해서 담대광의 검은 날개는 맹렬하게 펄럭거렸다. 지금 당장 이곳에서 벗어나기 위한 안간힘이었다.

"으으으……!"

구채구에 모여 있는 아홉 개의 마을 중 막내인 구당가의 셋째 딸인 소영은 한참이 지나서야 정신을 차렸다.

도대체 어떻게 된 일일까?

온몸이 아파서 정신을 차리고서도 한참이나 바닥에 누워 있던 소영은 힘겹게 일어나자마자 눈살을 찌푸렸다. 옷차림이 지저분해 졌을뿐더러 약초 바구니도 보이지 않았다. 완전히 망해 버린 모양새다.

하지만 곧 끔찍한 기억이 되살아났다.

산속에서 길을 잃고 조난을 당했는지 오채지(五彩池) 부근에 탈진해 쓰러져 있던 잘생긴 남자에게 물을 먹였다가 험한 꼴을 당한 걸 떠올린 것이다.

"서, 설마 그때 그 남자에게……."

소영이 얼른 자신의 옷매무새를 살피곤 문득 한숨을 입가에 담았다. 지저분하게 흙먼지가 묻어 있을 뿐 정신을 잃기 전과 달라진 점을 발견할 수 없었기 때문이다.

"……하아!"

안도의 한숨은 아니다.

그보다는 아쉬움이 더욱 짙었다.

구채구 일대의 아홉 마을 중 어디에서도 볼 수 없는 잘생긴 남자한테 시집갈 기회를 놓쳤다는 생각 때문이다.

그녀의 부친인 구당가.

구채구 아홉 마을 중 말석의 촌장이지만 완력과 성질이 가장 거칠다. 특유의 산도적 같은 인상과 함께 일대에서 알아주는 위세를 떨치고 있었다.

당연히 그녀에게 있어서 부친인 구당가는 천하제일인이었다.

어떤 사람도 감히 당적하지 못할 불사신이었다.

그래서 꽃다운 열다섯의 나이에도 불구하고 아직 혼담조차 들어오지 않고 있었다. 구채구 일대 어떤 사내도 감히 그녀에게 말을 붙이거나 연애를 걸 생각을 못 했다. 산도적 같은 구당가에게 맞설 정도의 담력이 아무도 없었다.

소영에겐 그게 불만이었다.

주변의 다른 동네 처녀들 중 그녀만 연인이 없었다. 어떻게 시집갈지 암담했다.

그러다 외부인으로 보이는 꽃미남을 발견했다.

어찌 마음이 동하지 않았겠는가.

반드시 살려내서 남편으로 삼을 작정이었다. 아예 근처 동굴로 데려가서 확 사고까지 칠 생각까지 했다. 그렇게 쌀을 익혀서 밥이 되면 부친인 구당가도 어쩌지 못할 거란 판단을 한 것이다.

그런데 이렇게 놓쳐 버리다니!

아쉽고 아쉬운 마음에 소영은 발을 동동 굴렀다. 자신의 팔자가 기구해서 하늘에서 떨어진 남편감을 놓쳐 버렸다고 여겼다. 너무 분해서 오늘은 잠도 오지 않을 것 같았다.

하지만 어쩌겠는가.

기왕 이렇게 된 것 부친인 구당가를 찾아갈 수밖에 없었다. 그에게 울고불고 해서라도 도망친 남편감을 회수할 작정이었다. 다른 여자에게 빼앗기고 싶진 않았으니까.

그 같은 생각과 함께 소영이 구가촌으로 걸음을 옮겼다.

온몸이 아파서 평소보다 몸놀림은 빠르지 못했으나 결코 중간에 쉬진 않았다.

"아득! 아득! 빠득! 빠득! 빠드득!"

마지막으로 남은 뼈다귀를 남김없이 씹어 먹은 담대광이 아쉬운 마음에 손가락을 빨아먹었다. 한 방울의 피도 낭비할 생각은 없었다.

그러다 또렷해진 마안이 남쪽 하늘을 향했다.

잠시 찾아온 포만감!

더 이상 뇌리 속에 잠깐 동안 떠올랐던 속삭임은 존재하지 않았다. 완벽하게 침묵을 유지하고 있었다.

당연히 마안이 주인인 마신은 본래의 목적을 떠올렸다.

항주에서부터 시작된 살육의 이면!

얼마 전부터 자신을 계속 부르고 있는 목소리의 정체에 강렬한 호기심을 느꼈다. 결코 끝내고 싶지 않은 살육의 유희조차 잠시 잊어버릴 만큼 궁금했다. 어찌 됐든 그 목소리의 정체를 확인해 봐야만 했다. 그러기 위해 항주를 떠난 후 줄곧 남쪽을 향해 날아왔다.

무엇 때문일까?

그런 것 따윈 모르겠다.

아무런 의미도 부여하지 않는다.

일단은 그랬다.

그 같은 생각과 함께 담대광이 다시 검은 날개를 펼쳤다. 다시 목표로 했던 남쪽 하늘로 날아가기 위함이었다.

"안 돼!"

그때 다시 침묵하고 있던 목소리가 울려 퍼졌다.

여전히 미약한 힘.

평소 같으면 간단하게 무시했을 터였다. 여태까지 그랬던 것처럼 신경조차 쓰지 않고 말이다.

하지만 잠시나마 느낀 포만감 때문이리라!

담대광 속의 마신이 이번에는 살짝 흥미가 돋은 듯 신경을 목소리에게 기울였다. 소녀를 잡아먹는 걸 방해할 때조차 이렇게 절박하진 않았던 것 같았기 때문이다.

목소리의 기운이 조금 살아났다.

"적이 왔다! 적이 기다리고 있다!"

"적?"

"아주 많은 적이다! 항주에서보다 훨씬 많은 적이 이곳을 벗어나기만을 기다리고 있다!"

"적? 먹이? 먹이! 먹이!! 먹이!!! 먹이!!!!!!!!!!!"

"……"

목소리가 담대광을 장악한 마신의 광기 어린 부르짖음에 다시 침묵에 돌입했다.

아니다.

그렇다기보다 선택했다고 보는 게 옳다. 이미 자신이 원했던 목표를 이뤘기 때문이다.

스파앗!

그 순간 담대광의 검은 날개가 다시 펄럭이기 시작했다. 맹렬한 움직임으로 그의 육체를 하늘로 띄웠다.

목표?

이미 남쪽 하늘이 아니다.

흡사 대자연이 펼친 거대한 포진처럼 그를 가둬 놓고 있었던 구채구의 외곽. 십 리가량 떨어진 곳에 집결해 있는 만 단위가 넘는 병력이었다.

새롭게 등장한 먹잇감!

새롭게 시작될 살육 거리!

담대광을 장악한 마신이 현세에 머물러 있는 유일한 목적이자, 이유이며, 가치였다.

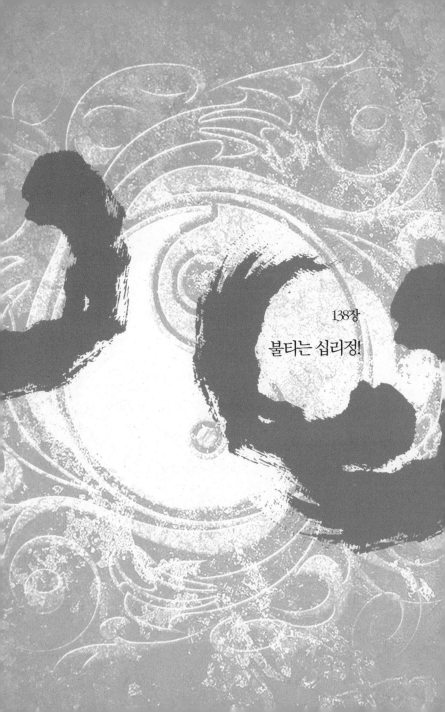

138장

불타는 십리정!

십리정.

정오가 지날 무렵, 인근의 구채구로부터 흘러내린 물이 모이는 일종의 호소(湖沼)인 이곳에 갑자기 인마가 잔뜩 모여들었다.

적게 잡아 일만 하고도 수천 명.

경황야 휘하의 황천비영 정예, 천사련주 휘하의 천사련 정예, 그리고 거기에 더해 수천의 각양각색의 무림인이 더해졌다. 얼마 전 십리정에 집결한 파천객과 독안괴혈검이 이끌고 온 자들이 수천 명에 이르렀던 것이다.

천사련주가 파천객과 독안괴혈검에게 다가가 눈에 기괴

한 기운을 담았다.

"육괴는 정사마 어디에도 속하지 않고 항상 독보천하한다고 알고 있었는데……. 무림의 풍문은 역시 믿을 게 못 되는군."

평범한 청의 무복.

깊은 눈빛과 작은 매부리 코.

거기에 더해 독특한 푸른빛 턱수염을 기른 사십 대 초반 가량의 파천객이 입가에 냉소를 담았다.

"그래 봤자 과거 천하에 도풍(道風)을 일으켰던 장천사의 유업을 잇기 위해 봉기했다 알려진 천사련주만 하겠소이까? 헛된 사교에 빠져들어 천사도에 귀의한 강남의 민간인들만 불쌍할 뿐일 테지요."

붉은 기운이 감도는 얼굴.

하나뿐인 외눈.

협봉검보다 더욱 길고 뾰족한 기형검.

오십 중반가량으로 보이는 나이에 검붉은 무복 차림의 독안괴혈검 역시 그냥 넘어가진 않았다. 파천객의 말이 끝나자마자 한마디를 걸치고 나선 것이다.

"천사련주, 경황야의 총애를 믿고 너무 나대지 않는 게 좋을 것이네. 우리는 모두 경황야를 모시는 처지이지만, 본래 검에는 눈이 없고, 인정 또한 없는 법이니까."

"말 한번 시원하다! 과연 남해 바다를 주름잡던 해남 삼

십육도(海南三十六島)를 공포로 몰아넣었던 독안괴혈검다운 말이올시다!"

"파천객! 자네도 가벼운 입을 조심하는 게 좋아. 우린 이미 사지(死地)에 들어선 것이나 다름없으니까."

"사지?"

파천객이 짐짓 이해하지 못하겠다는 표정을 지어 보이자 독안괴혈검의 외눈이 차가운 광망을 일으켰다. 상당한 정도로 짜증이 치솟아 오른 모습이다.

그러나 그가 남해 바다의 제왕으로 지냈다면, 눈앞의 파천객은 서장의 사막 지역에서 살성(殺星)으로 불리던 자다. 바다나 배 위에서라면 압승을 자신하겠으나 지금과 같은 육지 위에선 섣불리 얕볼 수 없었다.

'하물며 바로 곁에 무공의 화후를 짐작키 어려운 천사련주가 있음에랴……'

내심 염두를 굴린 독안괴혈검이 저 멀리 보이는 구채구로 살짝 시선을 던지며 말했다.

"우리가 이곳 십리정을 집결지로 삼은 건 필시 저기 보이는 구채구란 곳에 엄청난 대어가 있다는 뜻일 것이다."

"대어?"

"그래, 경황야를 모시는 사황 중 세 명이 집결해야만 할 정도로 큰 대어다. 그러니 어찌 이곳이 사지라 하지 않을 수 있겠느냐?"

"푸하하하하핫!"

파천객이 갑자기 대소를 터뜨리자 독안괴혈검의 외눈에 담긴 광망이 더욱 짙어졌다.

살기다.

당장 검을 뽑아서 파천객의 무례한 목에 피구멍을 내주고 싶다는 기운을 노골적으로 뿜어냈다. 만약 파천객이 그 즉시 대소를 거두지 않았으면 분명 그리했을 터였다.

"미안!"

대소를 멈춘 파천객이 손을 들어 양해를 구하면서도 사레가 든 듯 몇 차례 기침을 해댔다. 그리고 여전히 웃음띤 얼굴로 말을 이었다.

"이런 곳에서 우리가 정사대전을 벌이는 건 아닐 테지?"

"그건 무슨 뜻이지?"

"이곳은 사천. 기껏해야 강적이라고 해봐야 당가나 아미파 정도뿐일 거야. 아니면 그들이 모두 모인 사천정의련이거나."

"그들로는 우릴 상대하기가 어렵다는 뜻인가?"

"자네는 그리 생각하지 않는 건가?"

반문한 파천객이 십리정 주변에 모여 있는 엄청난 군세를 둘러보곤 단언하듯 말했다.

"여기 모인 군세만 거진 칠, 팔천이나 돼. 이 정도 군세라면 강남의 정파 무림맹이라 해도 단숨에 쓸어버릴 수 있을 거야!"

"물론 네 말은 옳다. 하지만……."

"하지만?"

"……그런 식으로 생각한다면 오히려 더욱 이상하다. 이런 궁벽한 곳에 세 명의 사황을 집결시킬 이유가 없지 않느냐?"

"그런 것까진 나도 모르지. 나는 서장에서 경황야님의 명령을 받고 중원에 들어선 지 얼마 되지 않았으니까."

"그건 나 역시 마찬가지다. 그래서 그 점을 지금 확실히 하고 싶다!"

"호오?"

파천객이 그제야 독안괴혈검이 평소의 과묵함을 깨고 일장 연설을 늘어놓은 이유를 눈치챈 듯 눈을 빛냈다. 그리고 두 사람의 시선이 거의 동시에 천사련주를 향했다. 명백하게 그에게 현 상황에 대한 설명을 내놓으라는 의중을 드러낸 것이다.

'촌뜨기들이!'

천사련주가 내심 섬뜩한 살기가 깃든 조소와 함께 미미하게 고개를 끄덕여 보였다.

"과연 바보들은 아니로군."

"바보?"

"말을 조심하라고 했다!"

파천객과 독안괴혈검이 동시에 살기를 일으켰다. 여차하면 함께 연수합격해서 천사련주에게 달려들기라도 할 것 같다. 지방에서 세력을 불린 자들답게 무림 중의 체면 따위는 안중에도 없는 듯싶다.

그러나 천사련주는 전혀 개의치 않았다.

같이 사황에 속해 있다 해도 그는 경황야와 천하대란을 직접 계획해 왔다. 나중에 합류하게 된 파천객과 독안괴혈검의 도발 따윈 우스울 따름이었다.

하물며 두 사람의 무위!

천하를 대표한다고 알려진 서른다섯의 절대 고수 중에서도 상당히 아래쪽에 위치해 있었다. 달리 육괴의 위치가 쌍신, 오패, 십마세, 십이세의 아래인 게 아닐 터였다.

파파팟!

일순 무형의 기세를 일으킨 천사련주가 눈에 황금색 안광을 담았다. 이 자리에서 사황의 서열을 두 사람에게 확실하게 인지시켜 줄 작정을 한 것이다.

'우웃!'

'강남에서 정파 무림맹을 상대로 정사대전을 벌이고 있다더니! 천사련주가 이 정도의 인물이었단 말인가!'

파천객과 독안괴혈검의 얼굴에 당황한 기색이 어렸다. 그만큼 천사련주가 일으킨 무형지기는 강력했다. 첫 대면에서 기를 죽이려다 오히려 반대 상황에 봉착해 버렸다.

천사련주가 말했다.

"함께 덤벼라!"

"뭐라?"

"감히!"

천사련주의 어조에는 변함이 없었다.

"나중에 후회하지 말고 함께 덤벼라! 혼자서 날 상대할 능력이 없음은 너희들도 이미 알고 있을 테니까!"

"……."

"……."

파천객과 독안괴혈검이 반박하지 못하고 입을 다물었다. 짧은 순간 무수히 많은 갈등이 뇌리를 스쳐 갔을 터. 그 정도로 현 상황은 일촉즉발이나 다름없었다.

잠시뿐이었다.

갑자기 파천객이 일촉즉발의 상황에서 홀로 빠져나갔다. 사막의 대도적답게 약삭빠른 성품을 드러낸 것이다.

"나는 이쯤에서 빠지도록 하지!"

"파천객!"

"그렇게 보지 말라구! 우리는 모두 경황야님의 수하잖아. 이런 식으로 싸우다가 걸리면 그분께 면목이 없다구."

"그렇다기보다는 변왕이 되고 싶어서일 테지?"

"그건 자네도 마찬가지잖아?"

"흥!"

차가운 코웃음과 함께 독안괴혈검 역시 기세를 풀었다. 파천객이 한 말이 틀리지 않다는 판단이었다.

'촌뜨기들이지만 바보는 아니라는 거로군. 하긴 처음부터 내게 목숨을 걸고 달려들 생각 따윈 없었을 테지만.'

천사련주가 내심 염두를 굴린 후 역시 무형지기를 거둬들였다.

어차피 신마대제를 붙잡기 위한 번제물!

굳이 두 사람을 상대로 기력을 소모할 이유는 없을 터였다.

한데 갑자기 상황이 급변했다.

파팟!

파파파팟!

마치 천사련주가 무형지기를 거둬들이길 기다렸다는 듯 파천객과 독안괴혈검이 다시 살기의 파고를 높였다. 방금 전과 같은 허장성세가 아니라는 건 대번에 알 수 있을 터.

'이건 날 상대하기 위한 게 아니다!'

천사련주 역시 촌분의 차이로 이변을 감지해 냈다. 만약 강적이라 할 수 있는 파천객과 독안괴혈검에게 신경을 분산시키지 않고 있었다면 그 시간은 좀 더 단축되었으리라.

아니다.

그래 봤자 별 차이는 없었을 거다.

느닷없이 구채구로부터 날아온 마신의 검은 날개는 그의 인지를 초월할 만큼 빠르고, 엄청난 숫자였으니까.

"일식?"

"태양이 갑자기 사라졌다!"

천사련주의 해석은 조금 달랐다.

'검은 비다! 태양을 가려 버릴 만큼 엄청난 숫자의 검은 비가 떨어져 내리고 있다!'

그가 내심 비명을 터뜨린 것과 동시였다.

파팟!

파파파파파파파파파파파파파파파파파팟!

태양을 가린 검은 날개의 펄럭임과 함께 십리정을 향해 무수히 많은 깃털들이 떨어져 내렸다. 천지를 온통 검게 물들이며 지상을 자신의 색으로 물들였다.

*　　　*　　　*

'왔는가!'

십리정의 반대편 산봉에 무려 오천이 넘는 군세와 함께 매복해 있던 경황야가 이를 악물었다.

전의를 참기 위함이 아니다.

오히려 그 반대다.

심부 깊숙한 곳에서 치솟아 오르는 공포를 억누르기 위

해 그는 전력을 기울어야만 했다. 십리정의 하늘을 단숨에 검게 물들인 검은 깃털이 만들어 낸 흑우(黑雨)에 영혼이 차갑게 얼어붙는 걸 느꼈다.

후욱!

그와 동시에 코끝으로 밀려든 짙은 혈향.

족히 수천 명이 넘는 인명이 한꺼번에 쏟아 낸 피비린내가 천지를 가득 메웠다. 그리 멀지 않은 곳에 매복해 있는 그에게까지 거의 동시에 전해져 왔다.

그게 영혼을 옭아맨 공포를 벗어날 수 있는 원동력이 되었다. 전날 무림맹에서 당했던 굴욕을 떠올리게 했다.

불끈!

문득 전신의 근육 한 올 한 올에까지 자신의 분노를 집중시킨 경황야가 손을 불쑥 들어 올렸다.

그리고 꽈악 쥐어진 주먹!

차착!

차차차차차착!

황천의 숨겨진 최강 전력이라 일컬어지는 황천비영의 정예 기병이 집단 돌격의 준비에 돌입했다. 궁병이 준비되었고, 장창수와 도수부 역시 병진을 확실하게 갖췄다. 족히 몇 배가 넘는 숫자의 적병이라 해도 단숨에 도륙할 수 있을 터.

'하지만 아직 아니다! 저 피에 굶주린 신마대제가 십리

정으로 강림해 무림맹에서와 같이 포식에 들어갈 때까지 참아야만 한다!'

그러기 위해 불러들인 사황이었다.

그러기 위해 집결시킨 천사련의 정예였다.

자신의 골육이나 다름없는 황천비영의 정예를 사지로 몰아넣는 건 그 다음이어야만 했다. 숨겨 놓은 모든 수단을 몽땅 사용하고도 신마대제를 어쩌지 못했을 때여야만 했다.

'천사련주! 부디 성공하라! 전날 숭산에서와 같이 성공해서 네 존재 가치를 증명해야만 한다!'

부르르!

경황야의 하늘로 치켜 올려진 주먹이 가벼운 떨림을 보였다. 자신의 주먹에 걸려 있는 수천의 생명. 아니 그보다 훨씬 많은 중원의 수천만 인의 삶이 이 한 번의 결정에 달려 있었기 때문이다.

그렇게 생각했다.

그만한 무게를 어깨에 짊어지고 있었다.

태극무검선제에 의해 죽음 중에서 벗어난 순간부터 그렇게 결정지어졌다.

그리고 포식이 시작되었다.

그가 보는 앞에서, 십리정을 피바다로 만든 마신이 검은 날개를 접고 지상으로 강림한 것이다.

　　　　*　　　　*　　　　*

　"이, 이게 무슨 일이야!!!!"

　"마, 말도 안 되는! 저 괴물은 뭐야!!!!"

　단숨에 피투성이로 변한 파천객과 독안괴혈검이 거의 동시에 비명이나 다름없는 괴성을 터뜨렸다.

　그들이 데려온 수천의 군세!

　서장의 사막에서 가장 악명 높았던 도적단인 삭월(朔月)의 혈사자대(血獅子隊)와 남해 바다의 제왕으로 군림하던 해왕살귀단(海王殺鬼團) 모두가 피바다 속에 누워 있었다. 하늘에서 우박처럼 떨어져 내린 검은 깃털에 꿰뚫려 단숨에 몰살당해 버린 것이다.

　뿐만 아니다.

　대지를 가득 메운 검은 깃털들이 수천 명분의 핏물을 일거에 빨아들였다. 흡사 수십만 마리나 되는 거머리처럼 바닥을 기면서 대지로 스며드는 핏방울을 모조리 흡수했다. 거대한 무덤으로 변한 십리정을 일시 마(魔)의 귀역으로 변화시켰다.

　─ 해골의 산!

결코 인세에 존재해선 안 되는 연옥이 바로 눈앞에 펼쳐
져 있었다. 어떤 인간도 감히 상상조차 못했던 귀역이 만
들어졌다. 삽시간에 그런 상황이 전개되었다.

그리고 우아할 정도로 느리게 하늘에서 내려온 마신!

검은 날개를 펄럭이며 강림한 신마대제 담대광을 향해
바닥을 기어 다니던 거머리들이 모여들었다. 수천 명분의
피와 생령을 한껏 머금은 채 자신의 주인에게 돌아갔다.
마치 그렇게 하기로 정해져 있던 것 같이.

기묘하고도 아름다운 광경!

평생 처음으로 접한 연옥의 축제에 파천객과 독안괴혈
검은 일시 넋을 잃었다. 수하들을 덮쳤던 수십만 개나 되
는 검은 깃털을 막다가 당한 적지 않은 부상조차 일시 잊
어버릴 정도였다. 흡사 두 사람 모두 거대한 최면에 걸려
든 것 같다.

흔들! 흔들!

그러다 두 사람의 신형이 흐느적거리기 시작했다. 거머
리들과 마찬가지로 그들 역시 담대광에게 자신을 바치기
위해 걸어가기 직전에 이르렀다.

"갈(葛)!"

그걸 막은 건 천사련주였다.

갑자기 벽력 같은 일성대갈을 터뜨린 그가 파천객과 독
안괴혈검의 명문혈을 양손으로 때렸다. 그의 무공의 핵심

이나 다름없는 천사명계주의 기운을 두 사람에게 주입해 최면에서 벗어나게 만든 것이다.

"컥!"

"으헉!"

파천객과 독안괴혈검이 짤막한 신음과 함께 제정신을 차렸다. 생애 처음 본 연옥의 모습에 흔들렸던 정심을 천사련주의 도움으로 간신히 회복했다.

그러자 천사련주가 냉정하게 말했다.

"파천객, 독안괴혈검! 이곳은 이미 인간 세상이 아니다! 살아남고 싶으면 지금 당장 저 괴물을 합공해서 죽여야만 한다!"

"저 괴물을 죽여야 한다고?"

"그보다 저 괴물의 정체는 뭐야?"

천사련주의 눈이 일곱 가지 빛깔로 번뜩였다. 평생 단 한 번도 사용해 본 적이 없는 천사멸절안의 발동이다. 훗날 황천의 일인자가 될 경황야에게 사용하기 위해 아껴 뒀던 필살기로 코앞에 닥친 죽음을 벗어나려 한 것이다.

"헉!"

"흐억!"

파천객과 독안괴혈검이 다시 신음을 토해냈다.

전과는 다르다.

정심을 되찾았던 눈빛이 일시 흐리멍텅하게 변했다. 절

대 고수인 그들이 놀랍게도 천사멸절안의 거미줄에 걸려들었다. 영혼을 잃어버린 꼭두각시가 되었다.

천사련주가 냉정하게 명령했다.

"파. 천. 객……! 독. 안. 괴. 혈. 검……!"

"……예."

"……예."

"당. 장. 저. 괴. 물. 에. 게. 달. 려. 들. 어. 동. 귀. 어. 진. 하. 라……!"

"……예."

"……예."

흐리멍텅한 복명과 달리 파천객과 독안괴혈검이 거의 동시에 담대광을 향해 뛰어들었다. 각자 자신의 최고 절학을 펼쳐서 자신이 만들어 낸 연옥에서 피의 축제를 벌이고 있는 담대광과 동귀어진하려 했다.

그럼 천사련주는?

그의 천사멸절안은 더욱 짙어지고 있었다.

파천객과 독안괴혈검의 영혼을 금제한 것에 멈추지 않고 압도적인 양의 피에 취해 있는 담대광을 목표로 했다. 연옥에서 발굴한 그의 육체를 다시 자신에게 굴복시킬 수 있는지 시험에 들어간 것이다.

'만약 그럴 수만 있다면…… 나는 더 이상 형님의 회천대업을 지켜볼 필요가 없다! 지긋지긋한 형님의 그림자 노

릇 따위 끝낼 수 있게 되는 것이야!'

황친!

현 황제에 의해 오로지 단 한 명, 경황야만이 생존해 있다고 알려진 것과 달리 천사련주 역시 황실의 종친이었다. 어렸을 때 가문에 밀어닥친 멸문의 위기를 피해 수십 년 동안 은인자중하며 회천대업을 꿈꿔 왔다.

당연히 현 황제만큼 경황야 역시 그에겐 원망의 대상이었다. 다른 황실 종친들이 대역죄의 오명을 덮어 쓴 채 몰살당하는 것을 구경만 한 걸 용서할 수 없었다.

그래서 기다려왔다.

참고 참으면서 음모를 꾸며 왔다.

단 한 번의 기회!

경황야가 무림을 제압하고, 황천의 모든 힘을 얻어서 황제의 자리에 앉기 직전의 기회를 잡기 위함이었다. 모든 것을 이룬 그를 절정 바로 직전에 죽이고, 귀면탈을 벗어 던지고 화려하게 변태를 이루려 함이었다.

그런데 갑자기 신마대제 담대광이 마신이 되어 강림할 줄이야!

그로 인해 모든 것이 꼬여 버렸다.

오랫동안 준비해 왔던 모든 것이 붕괴되었다. 경황야가 갑자기 회천대업을 포기하고 담대광을 막기 위해 움직이게 되었기 때문이다.

이유는 모른다.

어찌 된 일인지 이해가 가지 않았다.

하지만 천사련주는 이에 굴복할 생각이 전혀 없었다. 이런 식으로 자기 자신을 부인하고 황제나 세상을 위한 희생자가 될 수는 없다는 판단이었다.

그래서 다시 음모를 꾸몄다.

반전을 꿈꿨다.

이곳, 이 자리에서 담대광을 다시 자신의 것으로 만들어서 경황야를 제거할 작정이었다.

그러기 위한 번제물!

육괴의 두 자리를 차지하고 있는 파천객과 독안괴혈검은 꽤나 훌륭했다. 고맙게도 천사멸절안에 단숨에 걸려들어 지금 죽기 살기로 담대광을 공격하고 있었다.

과연 서장과 남해의 거물들답달까?

그들이 합공하자 그 위력은 실로 무지막지했다. 하늘을 검게 물들이며 강림한 신마대제 담대광을 거의 압도적으로 밀어붙이고 있었다. 일시 이대로 이겨 버리는 게 아닌가 의심이 들 정도의 맹공이었다.

그러나 곧 반전이 일어났다.

파슷!

일순 맹공을 감내하고 있던 담대광에게서 검은 기운이 일어났다. 그의 몸 전체를 중심으로 검은 고리가 형성되었다가 번개처럼 사방으로 확산된 것이다.

그리고 주춤거리며 뒤로 물러서기 시작한 두 절대 고수!

아니다.

그것만으로 끝이 아니었다.

파천객은 세 걸음 만에 바닥에 주저앉았다. 허리가 가로로 두 토막 나 버린 때문이었다.

무너진 하체.

자연스럽게 기울어진 상반신이 천천히 바닥으로 흘러내렸다. 폭포수 같은 피를 쏟아 내며 그리되었다.

독안괴혈검 역시 상황은 다르지 않다.

반 토막 난 검.

끝까지 놓치지 않은 검 자루와 함께 그의 옆구리에서 기다랗게 내장이 쏟아져 내렸다. 담대광이 발출한 검은 고리에 스친 것만으로 빈사 상태에 빠져 버린 것이다.

슥!

그런 그의 앞으로 담대광이 성큼 다가섰다.

"……."

넋을 잃고 올려다보는 독안괴혈검의 외눈.

한 순간 공포가 어리더니, 곧 어둡게 가라앉아 버렸다. 담대광의 검은 날개에 전신이 꿰뚫려 삽시간에 모든 피와 생기를 잃어버리고서 말이다.

펄럭!

그와 함께 다시 하늘을 향해 펼쳐진 담대광의 검은 날개.

'위험하다!'

그때까지도 전력으로 담대광에게 천사멸절안을 집중시키고 있던 천사련주의 안색이 검게 변했다. 그의 천사멸절안의 기운이 일순 역류해 들어왔다. 마치 강력한 방호벽에 부딪쳐 튕겨져 나오는 용수철처럼 맹렬하게 되돌아왔다.

명백한 실패!

명백한 패배!

어쩔 수 없이 천사멸절안을 거둬들이던 천사련주의 안색이 더욱 검어졌다.

팟!

그의 바로 앞.

어느새 날개를 접은 담대광이 존재하고 있었다. 무려 수백 장이나 떨어진 공간을 뛰어넘어 순식간에 그의 앞에 도착한 것이다.

"신. 마. 대. 제……!"

천사련주가 천사멸절안을 극한까지 일으켰다. 막다른 골목에 떠밀린 상황에서도 그렇게 반전을 꾀했다.

그러나 여전히 되돌아오는 천사멸절안의 기운!

"……."

침묵으로 천사련주를 절망에 빠뜨린 담대광의 피에 잔

뜩 취해 있던 마안이 검은 동공을 형성했다. 연속된 천사
련주의 천사멸절안이 어느 정도 영향을 미친 것일까?

"신. 마. 대. 제……!"

그러나 천사련주가 다시 천사멸절안을 펼친 것과 동시
였다.

"……."

여전히 침묵을 고수한 채 담대광이 손을 뻗어 천사련주
의 머리통을 들어 올렸다.

"컥!"

천사련주가 공중에 살짝 들어 올려진 채 숨넘어가는 소
리를 내며 온몸을 버둥거렸다. 어느새 머리통의 절반가량
이 찌부러들고 있었다. 그만큼 압도적인 힘에 제압당해 어
떤 종류의 반항조차 보이지 못했다.

천하를 대란으로 몰아넣었던 효웅(梟雄)!

그렇게 삶의 종지부를 찍으려 하고 있었다. 자신이 음모
로 연옥에 파묻어 버렸다가 다시 끄집어낸 마신의 앞에서
점차 생기를 잃어 갔다.

한데 바로 그때 또다시 반전이 일어났다.

털썩!

담대광이 거진 숨이 절반 이상 멈춘 천사련주를 갑자기
바닥에 내동댕이쳐 버린 것이다.

어째서?

이유는 곧 밝혀졌다.

*　　　　*　　　　*

팟!

하늘에 머문 채 꿈쩍도 하지 않고 있던 경황야의 주먹이 활짝 펼쳐진 것과 동시였다.

쾅!

콰콰콰콰쾅!

쾅쾅! 콰콰콰콰콰콰콰콰콰콰콰쾅!

신마대제의 강림으로 인해 피의 축제가 벌어지고 있던 십리정 일대에서 장대한 폭발이 일어났다. 파천객과 독안 괴혈검이 도착하기 전 매설해 놨던 수만 근이 넘는 폭약이 동시다발적으로 폭발하기 시작한 것이다.

이는 경황야가 회천대업을 이루기 위해 황천비영주의 힘으로 강남 일대에서 징발한 화약의 전부였다. 작은 소국 하나를 멸망시킬 정도의 분량을 이곳 십리정에 집중시켰다고 할 수 있을 터였다.

게다가 그것만으로도 경황야는 만족하지 않았다.

팟!

대폭발의 여운이 끝나기도 전에 경황야가 다시 주먹을 쥐었다. 미리 대기하고 있던 황천비영의 정예 부대를 드디어 십리정에 투입시킬 작정을 한 것이다.

아니다.

아직 일렀다.

펄럭! 펄럭!

무지막지한 대폭발이 일어난 십리정의 하늘로 어느새 담대광이 날아오르고 있었다. 대폭발이 일어나기 직전 천사련주를 내던지고 하늘로 몸을 피했음이 분명하다.

그렇다 해도 꼴이 말이 아니다.

맹렬한 폭발의 후폭풍을 온전히 뒤집어쓴 탓에 전신이 불덩이에 휩싸여 있었다. 흡사 활활 불타는 불새라도 된 것 같은 모습이다.

경황야가 이를 악문 채 소리쳤다.

"궁병 앞으로!"

"존명!"

궁병대가 나섰다.

거진 천 개가 넘는 대궁의 시위가 당겨졌다가 불덩이가 된 담대광을 향해 발사되었다. 불새가 된 그를 고슴도치로 만들어 바닥에 떨어뜨리려 했다.

그러나 쉽지 않았다.

천 개가 넘는 화살들은 담대광의 근처에 이르기도 전에 모두 바닥에 떨어져 내렸다. 불타고 있는 그의 날개에서 일어난 바람의 벽을 단 하나의 화살도 뚫을 수 없었다.

그리고 발생한 이변!

"우오!"

"우오오오오!"

여전히 불타오르고 있는 십리정 안에서 담대광과 마찬가지로 온몸이 불타오르고 있는 화귀(火鬼)가 모습을 드러냈다. 흡사 지옥유부의 불꽃 속에서 걸어 나온 것 같은 형상을 한 채 산위를 기어 올라오고 있었다.

경황야가 다시 손을 들어서 군중의 동요를 막았다.

무림맹에서와 동일하다.

상황은 달랐으나 이변으로 인한 충격의 양은 변함이 없었다.

"기마병 진군!"

"존명!"

오래전부터 대기하고 있던 기마병들이 복명과 함께 화귀들을 향해 돌격했다.

장창수와 도수부 역시 놀릴 이유는 없다.

"존명!"

"존명!"

연이어 경황야에게 호명을 받은 장창수와 도수부가 기마병의 뒤를 쫓았다. 지옥유부에서 기어 나온 것 같은 화귀들과 악전고투하고 있는 기마병을 도와주기 위해 목숨을 걸고 달려들었다. 당금 황천을 유지하는 마지막 힘이라 일

컬어지는 황천비영의 최고 정예답게 용맹하게 전장에서 자
신의 몸을 불살랐다. 말 그대로 그리했다.

※   ※   ※

"쿨럭! 쿨럭!"

천사련주는 바닥을 기면서 연신 바닥에 검은 피를 게워
냈다. 폐 속까지 화기가 침습했는지 숨조차 쉬기가 어렵
다. 억지로 몇 차례 호흡을 하려다 죽을 것 같은 고통을 감
당해 내야만 했다.

그래도 그는 바닥을 기는 걸 포기하지 않았다.

살아야만 한다!

반드시 살아남아야만 한다!

멸문지화를 당했던 가문의 마지막 생존자로서 평생 동
안 되뇌어 왔던 말이었다. 그렇게 과거 스스로에게 했던
맹세를 떠올리며 그는 불꽃의 지옥을 기어서 빠져나왔다.
죽음 중에서 삶을 구할 수 있었다.

그렇다면 다른 자들은 어찌 된 것일까?

어느새 삼성도 채 남지 않은 내력을 억지로 쥐어 짜내
내상을 억누른 천사련주가 입을 가볍게 벌렸다. 자신의 눈
앞에 펼쳐진 지옥도에 경악을 금치 못한 것이다.

'이만한 폭발 속에서도 살아남았다는 건가? 아니, 그것

보다 이만한 폭발을 이겨내고 황천비영의 정예를 몰살시키고 있다는 건가?'

믿기 힘든 일이다.

납득조차 되지 않는 일이었다.

그의 상식을 월등히 뛰어넘는 일이 지금 눈앞에서 벌어지고 있었다.

그러나 받아들여야만 했다.

그리고 비로소 이해했다.

어째서 갑자기 경황야가 회천대업을 포기하고 모든 전력을 이곳에 집결해 담대광을 상대하려 했는지 말이다.

'그런데도 부족했구나! 연옥에서 돌아온 신마대제를 막기엔 이마저도 부족했어…… 아!'

천사련주가 내심 중얼거리다 갑자기 탄성을 터뜨렸다.

장탄식이다.

아쉬움과 두려움, 한탄이 섞인 감정의 발현이었다. 그가 보는 앞에서 방금 전 경황야가 담대광에게 목이 꺾여 버린 까닭이었다.

그렇다면 이제 이곳 십리정에서 살아남은 건 그 자신뿐.

사신! 마신! 악신!

그 모든 것을 합친 것보다 더욱 두려운 담대광을 바라보며 천사련주는 죽음을 대비했다. 어떻게든 살아남기 위해 바닥을 기었으나 이젠 도리가 없었다. 경황야와 그가 이끄는 황천비영의 정예가 몰살당한 이상 담대광으로부터 벗어날 가능성은 전혀 존재하지 않았다.

한데 그때 기적이 일어났다.

펄럭!

자신의 전력을 몽땅 쏟아붓고 분사한 경황야의 정기를 마지막 한 방울까지 빨아먹은 담대광이 검은 날개를 펼쳤다. 여전히 꺼지지 않은 불꽃에 절반쯤 휘감긴 채 하늘로 날아올랐다. 흡사 신화 속의 불사조가 불꽃 속에서 재탄생을 한 것처럼 하늘 끝까지 날아갔다.

끝까지 천사련주에겐 시선 하나 던지지 않고서.

털썩!

담대광을 올려다보다 뒤로 발라당 드러누운 천사련주의 얼굴 근육이 푸들거리며 떨렸다. 반쯤 남아 있는 귀면탈 안쪽으로 드러난 하얀 얼굴 가득 웃음을 담았다. 또다시 혼자서만 살아남은 것에 대한 자조감을 그렇게 마음껏 드러냈다.

잠시뿐이었다.

곧 웃음을 멈춘 천사련주가 힘겹게 자리에서 일어서 한때 십리정이라 불렸던 폐허를 벗어났다. 그를 얽어매고 있던 유일한 사슬이었던 경황야의 시체에 일별조차 없이 걸음을 옮겼다.

살기 위해서!

살아남기 위해서!

그렇게 그는 또다시 비겁자의 길을 선택했다. 최후의 생존자란 자격으로.

＊　　　　＊　　　　＊

풍덩!

갑자기 오채지로 떨어져 내린 불덩이를 보고 소영은 마을로 가던 걸음을 멈췄다.

평생 본 적이 없던 진귀한 광경!

한참 호기심이 동할 나이인 그녀의 발걸음을 멈추게 하기엔 충분하고도 남는다.

기웃! 기웃!

오채지 쪽으로 몇 번이나 고갯짓을 해보이던 소영의 눈에 이채가 어렸다. 하늘에서 떨어져 내리는 햇살을 받아 이름처럼 아름다운 다섯 가지 빛깔로 물들어 있던 오채지의 물이 부글거리며 끓어오르기 시작한 때문이었다.

"우와아!"

절로 탄성을 발한 소영이 저도 모르게 오채지 쪽으로 다가갔다. 느닷없이 벌어진 이변에 대한 호기심이 작은 머릿속을 완전히 장악해 버렸음이다.

'전설 속의 교룡이라도 나타난 걸까? 그런 영물급

의 뱀을 잡아서 푹 고아 먹이면 그렇게 남자한테 좋다던
데…….'

어디에 어떻게 좋은지는 모른다.

그냥 동네 아주머니들이 빨래터에서 수다 떠는 걸 귀동
냥으로 전해 들었을 따름이다.

하지만 소영의 뇌리로 한 사내의 얼굴이 떠올랐다.

담대광!

평생에 걸쳐 가장 가깝게 접한 남자다. 훈훈하게 잘생긴
얼굴에 늠름하게 잘빠진 몸매. 느닷없이 덮치는 결단력과
과감성까지 두루 갖춘 하늘이 내려 준 남편감.

이미 마음 깊숙한 곳에 자리 잡은 그의 얼굴을 생각하며
소영은 점점 오채지로 다가갔다. 어느새 발끝을 살짝 들어
까치발을 한 것이 흡사 먹잇감을 노리는 고양이나 다름없
다.

한데 이게 어찌 된 일인가!

오채지에 도착한 소영의 눈이 동그래졌다.

방금 전까지 부글부글 끓어오르고 있던 오채지는 어느
새 평상시처럼 변해 있었다. 거울처럼 투명하고 아름다운
다섯 가지 빛깔만을 드러낸 채 평온을 회복한 것이다.

"뭐야아!"

소영의 입술이 불쑥 튀어나왔다.

담대광에게 푹 고아 먹일 영물급의 뱀을 놓쳐 버렸다는

생각에 발을 동동 굴렀다. 좋은 기회를 날려버린 아쉬움이
컸다.

그때 다시 변화를 일으킨 오채지!

펴엉!

방금 전까지 거울처럼 투명하던 수면에서 폭발이 일더
니 나체가 된 미남자가 둥실 떠올랐다.

"우왓!"

소영이 놀라 소리를 지르다 방긋 미소 지었다.

오채지에 떠오른 미남자의 정체!

바로 얼마 전 그녀를 떠났던 담대광이었다. 그가 다시
그녀에게 돌아온 것이다.

게다가 그것만으로 끝이 아니었다.

번쩍!

이번엔 스스로 눈을 뜬 그가 신선처럼 수면을 박차더니,
단숨에 소영 앞에 떨어져 내렸다. 눈부신 나체를 그녀 앞
에 아무렇지도 않게 드러냈다.

"우와아……."

소영의 입이 아예 귀에 걸렸다.

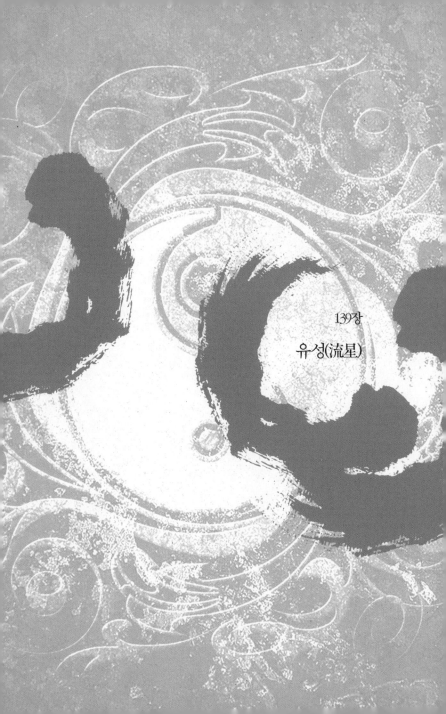

139장

유성(流星)

"저기⋯⋯."

"이곳이 어디지?"

"⋯⋯구채구인데요?"

"구채구?"

"예."

"그럼, 나는 누구지?"

"예?"

"내가 누군지 모르는군. 혹시 우리는 아무런 상관도 없
는 사이인 것이냐?"

"⋯⋯."

갑자기 핵심을 찔러 온 담대광의 질문에 소영이 잠시 말문이 막혀서 입을 다물었다. 일시 어찌 대답해야 할지 생각이 나지 않았기 때문이다.

그러자 담대광이 주변을 이리저리 둘러보더니, 갑자기 어딘가로 신형을 날렸다가 돌아왔다. 어느새 찢어진 옷가지로 하체를 적당히 가리고 있다.

기억을 잃어버린 상태!

그러나 인간 본연의 기본적인 윤리는 기억하고 있었다. 그냥 과거나 자기 자신에 관한 사항만 부분적으로 잊어버린 듯하다.

'한마디로 꽤 재밌는 상태로군.'

자신의 현 상황에 대해 곧바로 자답을 내린 담대광이 소영에게 시큰둥하니 말했다.

"아직 남아 있었군."

"예? 그게 무슨……."

"너와 나는 아무런 상관도 없는 사이다. 그러니 굳이 내가 돌아오는 걸 기다릴 필요는 없었다는 것이다."

"……뭐가 아무런 상관도 없어욧!"

빽 하고 소리친 소영이 갑자기 두 손으로 자신의 입을 막았다.

상대는 자신과 백년가약을 맺을 서방이다.

십오 년 인생 동안 만난 이들 중 가장 확실한 남편감이었다.

이런 식으로 부친 구당가에게 이어받은 드센 성질 머리를 드러내는 건 아직 일렀다. 그러다 남편에게 소박맞은 동네 아주머니들이 얼마나 많았던가.

'젊은 나이에 생과부가 될 순 없지!'

내심 굳은 다짐을 한 소영이 얼른 얼굴에 생글거리는 미소를 매달았다. 부친 구당가에게 뭔가 부탁할 게 있거나 큰 잘못을 했을 때나 보이던 애교 작전에 돌입한 것이다.

"서방님께서 갑자기 당한 사고 때문에 현재 정신이 좀 온전치 못하신가 보옵니다."

"서방?"

"예, 서방님께서는 꽃다운 방년 십오 세인 소녀, 소영의 하늘 같은 낭군님이시랍니다."

"지랄!"

저도 모르게 욕설을 입에 매단 담대광이 손가락으로 턱을 슬슬 쓰다듬었다.

부지불식간에 튀어나온 이 욕설!

왠지 친숙하다.

아주 찰진 것이 그만이었다.

반면 소영은 완전히 충격을 받은 표정이 되었다. 담대광같이 잘 생긴 사내의 입에서 부친 구당가와 비슷한 거친 욕설이 튀어나온 것에 놀란 것이다.

잠시뿐이었다.

곧 그녀는 안도한 기색이 되었다.

"서방님께서 '지랄'이라 하시니 소녀 몸 둘 바를 모르겠사옵니다. 그 사이 정신이 좀 돌아오셨나 봅니다?"

"정말 내가 네 서방이란 거냐?"

"물론이옵니다. 혹시 의심이 드신다면 서방님 몸의 비밀을 소녀가 하나하나 말해 볼까요?"

"방금 전에 다 봤잖아."

"서방님이시니까 보지요. 그렇지 않다면 어찌 소녀처럼 꽃다운 나이의 처자가 외간 사내의 알몸을 빤히 쳐다볼 수 있겠습니까?"

"발랑 까졌으니까 그렇겠지."

"어찌 그런 말씀을……!"

소영이 두 손으로 얼굴을 가렸다.

방금 전보다 훨씬 상처를 받은 표정과 함께다.

하지만 속내는 좀 달랐다.

'어떻게 알았지? 설마 서방님께서는 사람의 속내를 꿰뚫어 보는 통찰력의 소유자이신 건가?'

그럴 리 없다.

담대광은 현재 기억이 온전치 못해서 자신의 이름조차 기억하지 못하고 있었다. 소영의 이 같이 앙큼한 속내를 파악할 만한 여력이 있을 리 만무했다.

그래도 관록이란 게 어디 가는 게 아니다.

그가 보기에 눈앞의 소영이란 소녀는 절대 자신의 아내가 아니었다. 사실 딱히 취향도 아니었다. 아직 젖비린내가 풀풀 풍기는 게 여자로서의 매력 따윈 눈을 씻고 봐도 찾을 수 없을 듯했다.

'하지만 잠시 이용할 만한 가치는 있으려나?'

내심 삐뚜름한 시선으로 소영을 바라본 담대광이 갑자기 하얀 치열을 드러내며 씨익 웃어 보였다.

"뭐, 그런 말로 괴로워하고 그러느냐? 서방이 마누라한테 그런 말 정도는 할 수도 있지."

"어찌 소녀가 괴로워하지 않을 수 있겠사옵니까? 서방님께서 소녀를……'마누라라고요?"

"그래, 일단 그렇다고 치기로 하지."

"과연 우리 서방님이셔!"

소영이 언제 울상이 됐었냐는 듯 담대광에게 찰싹 달라붙어 생글거리며 미소 지었다. 얼굴이 복숭아가 무색할 정도로 발갛게 상기되어 있다.

'아이참! 왜 이렇게 가슴이 두근거린담? 서방님한테 들키면 곤란한데…….'

'흥! 심장 소리가 천둥소리만큼 크군. 살짝 몸에서 새콤한 내음이 흘러나오는 게 아직 사내 경험이 없는 처녀가 분명해. 그런데 내가 이런 걸 어떻게 아는 거지?'

자연스럽게 떠오른 사유가 의심을 품는 순간 온통 흙탕물처럼 변해 버렸다. 흡사 어떤 보이지 않는 벽에 의해 가로막혀 버린 형국!

그때 살짝 눈살을 찌푸린 채 고심하는 담대광을 소영이 거세게 잡아끌었다.

"서방님, 이만 우리 마을로 돌아가도록 해요! 그곳에 가서 아버님한테 인사드리고, 병증도 치료받을 수 있을 거예요!"

"아버님한테 인사를 드려?"

"장인 어르신이요! 기억하지 못하시겠지만 이곳 구채구 아홉 마을 제일의 용사(勇士)인 구당가시랍니다!"

"용사? 구당가?"

역시 전혀 기억나지 않는다.

그래서 더욱 눈살을 찌푸려 보인 담대광이 소영에게 이끌려 걸음을 옮기기 시작했다.

구채구와 최고봉인 황룡 사이에 위치한 소룡채(小龍寨)에 담대광을 이끌고 도착한 소영의 얼굴엔 의아한 기색이 가득했다.

정오를 조금 넘긴 시각.

평상시 사람이 많을 시간은 아니나 소룡채는 지금 지나칠 정도로 적막이 깃들어 있었다. 마을의 중심부에 이르는 동안 사람 하나 발견하지 못했을 정도였다.

마찬가지랄까?

소룡채의 채주인 구당가의 거처인 소영의 집 역시 텅텅 비어 있었다. 부친 구당가는커녕 사람의 그림자도 보이지 않았다. 흡사 집안 전체가 이사를 간 것 같다.

"아버님! 아버님!"

어느 때보다 간드러진 목소리로 부친 구당가를 부르던 소영이 결국 참지 못하고 집 안 곳곳을 뒤졌다. 혹시 자신이 없는 동안 마을에 난리가 났을까 봐 걱정이 된 까닭이었다.

그러나 곧 그녀는 안심한 표정이 되었다.

여전히 사람의 흔적이 보이지 않을 뿐 집 안은 변한 게 없었다. 곡식 창고도 약탈당하지 않았고, 금고나 집기, 농기구도 모두 제자리를 지키고 있었다. 난리가 일어난 흔적 따윈 전혀 찾을 수 없었다.

'그럼 도대체 왜 사람의 그림자도 보이지 않는 거람?'

고개를 갸웃거려 보인 소영이 어느새 집 안에 들어와 평상에 앉아 있는 담대광에게 찰싹 달라붙었다. 언제 의구심을 품었냐는 듯 얼굴에는 미소가 넘실거리고 있다.

"서방님, 아버님께서는 볼일이 있어서 마을 밖으로 나가셨나 봐요. 시장하시죠?"

"별로."

"그럴 리가요! 벌써 점심때가 훌쩍 지났는데요. 잠시만 기다리세요. 소녀가 밥상을 차려 올 테니까요."

'정말 나는 그다지 배가 고프지 않은데……'

담대광이 부엌으로 후다닥 달려가는 소영의 뒷모습을 보며 내심 중얼거렸다.

그러고 보니 이 마을, 눈에 좀 익는 것 같다.

여전히 소영이 한 말 중 상당수는 믿기지 않지만 이 마을과 자신은 어느 정도 관련이 있는지도 모르겠다. 그런 생각이 들었다.

벌러덩!

어쨌거나 좋은 날씨였다.

대뜸 평상 위에 대자로 드러누운 담대광이 맑고 투명한 하늘을 올려다보다 살짝 눈을 감았다.

나신?

아니, 그렇진 않다.

자세히 보면 몸매의 선이 그대로 드러날 뿐 홀딱 벗은 건 아니다.

검은색? 붉은색?

굳이 얘기하자면 두 가지 색깔이 혼재되어 있다. 그런 기묘한 색감으로 감싸여 있다.

삼단같이 길게 내려뜨려진 검은 모발을 제외하곤.

'그런데 제법 미인이로군…….'

담대광은 자신의 아내를 자처하는 소영이 들었다면 발끈했을 말을 문득 내뱉었다.

분명 그랬다.

문득 나신이라 생각했던 눈앞의 존재. 굳이 표현하자면 여신처럼 아름다운 용모의 여인은 단연코 미인이었다. 절세미인이라 표현해도 결코 부족함이 없을 정도다. 소영같이 아직 설익은 소녀와는 비교조차 할 수 없을 정도의 미태 역시 겸비하고 있었다.

게다가 왠지 익숙해 보이는 얼굴!

담대광은 눈앞의 미녀를 접한 후 여태까지 기억 자체에 둘러쳐졌던 강고한 장벽의 한켠에 금이 가는 걸 느꼈다. 그만큼 그녀에게서는 묘한 마력이 흘러넘쳤다.

하지만 마음이 설레진 않는다.

오히려 묘할 정도로 차갑게 가라앉고 있었다.

'……어쩌면 내 기억이 봉인된 이유 중 하나를 만난 것인지도 모르겠군. 그렇지 않다면 설마 내 전처인 건가?'

그럴지도 모른다는 생각이 들었다.

미녀의 얼굴은 분명 소영보다 훨씬 담대광의 취향이었다. 사실 세상의 대부분 사내들 모두의 취향이라 하는 게 옳을 터였다. 객관적인 사실이었다.

한데 그런 미녀에게 기묘한 냉기를 느끼고 있었다.

오싹했다.

흡사 절대 만나선 안 되는 천적과도 같았다.

담대광 같은 사내에게 있어서 그런 여자는 극히 드물었다. 기억은 잃어버렸으나 본능적으로 그렇다는 걸 알았다. 그는 여자에게 무척 강한 사내였다.

그 같은 생각을 하던 중 담대광이 불쑥 입을 열었다.

"그래서 나한테 어쩌란 거지?"

미녀가 생긋 미소 지었다.

"기억을 잃어버린 건가?"

"그래."

"그게 아니라 스스로 기억을 봉인시킨 거겠지."

"어째서 그런 거지?"

"나와 만나는 게 두려워서."

"설마?"

담대광이 말도 안 된다는 표정으로 어깨를 으쓱해 보였다. 그러면서도 안색이 살짝 어둡다.

소영이 한 말이 거짓말이란 걸 알았을 때와 같다. 이번에도 그는 눈앞의 미녀가 한 말이 사실이란 걸 직감적으로 알 수 있었다.

본능!

절대 속일 수 없다.

그때 미녀의 눈이 홍옥처럼 붉게 불타올랐다.

"마(魔)의 아들아! 우리는 곧 만나게 될 것이다! 하나가 되어서 마(魔)의 하늘을 열 것이다!"

"……."

"그러니 도망치려 해도 소용없다! 도망칠 수도 없을 것이다!"

"……."

침묵에 잠긴 담대광이 보는 앞에서 미녀가 서서히 사라져 갔다.

나신?

이번에는 진짜다.

몸 전체를 가리고 있던 검고 붉은 기운이 사라지자 아찔한 하얀 몸이 모습을 드러냈다. 인세에 존재할 수 없을 것 같은 절세의 아름다움을 잠시 내보이고 담대광 앞에서 사라진 것이다.

긴 여운을 남긴 채……

움찔!

담대광이 눈을 떴다.

얼마나 잠이 들었던 것일까?

여전히 맑고 푸른 하늘은 그대로인 게 그리 오랜 시간은 아니었던 듯싶다.

그때 귓불로 느껴진 따뜻한 한 모금의 숨결.

"후우! 후우우우우!"

"그런 짓…… 그만 둬라!"

"우훗! 서방님, 깨셨어요?"

"잔 거 아니다."

"잤으면서……."

소영이 '요런 잠꾸러기' 하는 표정으로 생글거렸다. 평상 한켠엔 어느새 상다리가 부러지기 딱 좋을 만큼 가득 요리가 차려져 있었다. 아예 집안의 살림을 거덜 내려 했는가 싶다.

'이래서 딸은 키워 봤자 소용없다고 말하는 걸 테지…….'

좀 고리타분하다.

늙은이들이나 할 법한 생각이었다. 왜 굳이 지금 소영의 부친이라는 구당가를 걱정하는가.

내심 살짝 인상을 쓴 담대광이 불쑥 자리에서 일어섰다.

소영이 놀라 소리쳤다.

"서방님, 어딜 가시려고요? 급한 볼일이라면 저기 뒤쪽으로 돌아가시면 돼요."

"그런 거 아니다."

"그럼 왜?"

"이만 여길 떠나야겠다."

"식사도 하지 않으시고요?"

"처음부터 생각 없다고 했잖아."

잠이 들기 전보다 더욱 퉁명스러운 한마디를 남기고 담대광이 집 안으로 뛰어 들어가 장포를 걸치고 나왔다.

　애초부터 이게 주목적이었다. 남의 시선이 크게 신경은 쓰이지 않으나 계속 누더기를 걸치고 돌아다니고 싶진 않았기 때문이다.

　그러자 소영이 얼른 담대광에게 달려왔다. 얼굴이 다시 울상으로 변해 있다.

　"설마 이대로 떠나시려는 건 아니죠?"

　"그럴 거다."

　"그럼 소녀도 데려가 주세요!"

　"왜?"

　"왜라뇨!"

　왈칵 목소리를 높인 소영이 선언하듯 말했다.

　"여필종부(女必從夫)! 저는 서방님의 하나밖에 없는 아내예요! 세상의 끝까지 서방님을 따르는 게 당연하잖아요!"

　"여필종부라……."

　"그래요! 저는 절대로 여필종부할 거예요!"

　"……그럼 따라오든지."

　담대광이 여전히 퉁명스런 한마디와 함께 집을 나섰다.

　왜인지는 모르겠다.

　잠에서 깬 후 계속 불쾌한 기분이 남아 있었다. 묘한 불안감 때문에 평정심을 유지하기 힘들었다.

그래서였을 것이다.

전혀 믿지 않고 있는 소영의 떼를 받아들인 것은. 그녀와 말도 안 되는 대화를 나눌 때만큼은 마음속의 불안감이 적지 않게 완화되었으니까.

소룡채를 뒤로하고 구채구를 내려가던 담대광이 갑자기 생각난 듯 말했다.

"근데 내 한 가지만 묻자."

"말씀하세요, 서방님."

소영이 생글거리며 대답하자 담대광이 손가락으로 자기 자신을 가리켰다.

"내 이름이 뭐냐?"

"예?"

"내 이름이 뭐냐고?"

"……"

"설마 모르는 건 아닐 테지?"

담대광의 얼굴에 의심의 기색이 어리자 소영이 얼른 당황해 소리쳤다.

"어찌 소녀가 서방님의 이름을 모를 수 있겠어요? 서방님의 이름은 유성이에요!"

"유성?"

"예, 하늘에서 떨어져 내리는 별똥별이요! 서방님은 그렇게 아름답고 근사하신 분이세요!"

"흠."

담대광이 손가락으로 턱을 살짝 긁어 보였다.

유성!

소영이 하늘에서 불덩이가 되어 오채지로 떨어져 내린 담대광을 떠올리며 급조한 이름이 그리 낯설지 않았다. 제법 자신과 어울린다는 생각이 들었다.

'뭐, 나쁘지 않은 이름이군. 좀 유약해 보이는 게 흠이 긴 하지만…….'

내심 고개를 끄덕인 담대광이 다시 걸음을 옮기기 시작했다.

"서방님, 같이 가요!"

"네가 더 빨리 걸으면 돼."

"아앙!"

소영이 우는 시늉을 해보이곤 진짜로 걸음을 빨리 했다. 이를 앙다문 채 담대광의 뒤를 맹렬히 쫓았다.

*　　　*　　　*

담대광과 소영이 소룡채를 떠나고 얼마 지나지 않았을 무렵이었다.

우르르르르!

인근의 흑룡채(黑龍寨)에서 일어난 이변을 조사하기 위

해 소룡채를 떠났던 구당가와 마을 사람들이 돌아왔다. 소룡채에 방문했던 흑룡채 사람이 되돌아갔다가 마을 전체가 쑥대밭으로 변한 걸 발견했기 때문이다.

당연히 그는 다시 소룡채로 달려와 구당가에게 통사정을 했고, 일의 심각성 때문에 모두 그쪽으로 달려갔다. 혹시라도 외적이 구채구에 침범하면 아홉 마을이 공동으로 대처하게 되어 있었다. 그게 오래된 구채구 아홉 마을의 결코 어길 수 없는 규약이었다.

하지만 별무소용이었다.

구당가가 중심이 되어 소룡채의 마을 사람들이 흑룡채 일대를 이 잡듯 뒤졌으나 특별한 점을 발견할 순 없었다. 마을 자체가 난장판으로 변하고 사람들이 사라졌을 뿐 외부에서 침입하거나 대규모 약탈을 당한 흔적 같은 건 존재하지 않았다.

불가사의!

그 한마디로밖엔 딱히 설명할 길이 없다.

그래서 구당가는 뒤이어 도착한 다른 마을 채주들에게 흑룡채를 맡기고 소룡채로 돌아왔다. 규약대로 가장 먼저 움직였으니 역시 가장 먼저 빠질 자격이 있다는 판단이었다.

그런데 집에 돌아온 그를 기다리고 있는 건 청천벽력 같은 무남독녀 소영의 서신이었으니……

— 아버님 전상서!

아버님, 소녀 소영은 올해 방년 십오 세가 되어 하늘의 도우심으로 평생을 함께할 가연을 만났사옵니다.

이미 천지신명께 고하고 서방님과 부부의 연을 맺었사오니, 아버님께서는 소녀를 걱정하지 말아 주세요. 후일 서방님과 예쁜 손주를 안고 아버님께 인사드리러 올 테니까요.

그럼 그때까지 부디 강녕하시기 바라옵니다.

아버님의 사랑스런 딸 소영 올림.

"우아아아아아아아아아!"

구채구 제일의 딸바보로 유명하던 구당가다.

느닷없이 맞이하게 된 딸의 출가 소식에 그의 울부짖음이 소룡채를 쩌렁쩌렁하게 울려 퍼졌다. 이런 식으로 딸을 날도둑놈에게 빼앗길 줄은 몰랐으리라.

품안의 자식!

딸 키워 봐야 아무 소용이 없다!

현재 애통한 구당가의 마음이었다. 그렇게 소룡채의 하

루가 저물어 가고 있었다.

*   *   *

"쿨럭! 쿨럭!"

장소량은 새벽부터 기침을 심하게 하고 있었다.

사실 며칠 되었다.

이렇게 기침이 심해진 것은.

그 정도 되는 절정 고수가 이런 식으로 심한 기침을 하는 건 결코 쉽게 보아 넘길 일이 아니다. 웬만큼 몸 상태가 나쁘지 않고선 이런 증상이 계속될 리 없는 것이다.

'그동안 계속 무리를 하고, 풍찬노숙을 하다 보니 폐가 크게 상했구나. 하긴 십만대산을 떠난 후 망할 좌마령 녀석에게 줄곧 괴롭힘을 당했으니까 어쩔 수 없는 일일 테지……'

신마성궁에서 그럭저럭 잘 지내고 있던 장소량이다.

소교주 소진엽을 따르며 공도 적지 않게 세웠고, 늘그막에 얻은 처의 교태도 제법 훌륭했다. 이젠 적당히 신마성궁에 늘러 붙어서 노후 계획이나 세우며 지내면 될 터였다. 그런 생각을 조심스럽게 하고 있었다.

하지만 갑자기 그 모든 게 일장춘몽(一場春夢)이 되었다.

봄날 개꿈이었다.

어느 날 그는 처 반교연의 품에서 강제로 끌려 나와 좌마령 북리사경에게 납치되었다. 느닷없이 천마대전을 탈출한 고독검마후 구양령—현재는 천마대조의 그릇이 된 상태인—을 도로 붙잡아 오기 위함이었다.

있을 수 없는 일이다.

생각조차 하기 싫은 끔찍한 임무였다.

그래서 어떻게든 수를 내서 북리사경에게서 벗어나고자 했다. 고래 싸움에 새우 등이 터지고 싶진 않았기 때문이다.

그러나 북리사경은 천마대조의 그릇이 된 구양령만큼 괴물이었다. 태상마군의 역천지술로 죽음 중에서 부활한 그의 무위는 죽을 때보다 오히려 더욱 대단해져 있었다. 적어도 그동안 그에게 개같이 끌려 다닌 장소량이 보기엔 그러했다.

어쨌든 그런 괴물이 인간적인 약점도 없었다.

이미 인간이 아니기에 먹지도 않고, 자지도 않고, 용변도 보지 않았다. 감정의 기복 역시 없어서 인간적인 계책으론 당최 어찌해 볼 수가 없었다.

그래서 장소량이 내린 결론은 포기였다.

항복이었다.

더 이상 잔꾀를 부리지 않고 그의 모사가 되어 원하는 바를 들어주는 데 최선을 다하기로 했다. 그게 그나마 이 괴물들 간의 싸움에서 그같이 나약한 존재가 살아남을 수 있는 유일한 길이란 판단이었다.

당연히 그 길 역시 쉽진 않았다.

가시나무길이었다.

북리사경과 행동을 함께하며 구양령의 뒤를 쫓는 동안 온갖 고초를 다 겪어야만 했다. 근래 폐부 깊숙한 곳에 병증을 얻은 건 어쩌면 당연한 결과일 터였다.

'……어찌 됐든 그래도 나는 드디어 검마후를 따라잡을 수 있게 되었다! 그녀를 산속에 완전히 가둬 버리는 거대한 대진을 펼칠 수 있게 되었단 말씀이야!'

내심 생각을 정리한 장소량이 뿌듯한 표정으로 눈앞에 보이는 작지만 험준한 산을 바라봤다.

이곳, 사천!

십만대산으로부터 족히 천 리는 떨어진 이 험준한 대지는 장소량 같은 모사에겐 그야말로 주 무대나 다름없었다. 십만대산을 포함한 곤륜산맥처럼 지나치게 장대하지도 않고, 그렇다고 해서 쉽사리 읽을 수 있는 산세도 아니었기 때문이다.

장소량은 그 같은 점을 십분 활용해 구양령을 조심스럽게 눈앞의 산에 몰아넣었다. 신마성궁을 떠난 후 온갖 방법으로 끌어들인 천마신교의 고수들을 아낌없이 투입해 일을 꾸몄다. 그 와중에 태상마군 소리산의 이름을 마음대로 사용했음은 물론이었다.

지금 당장 살고 볼 일이었다.

후일에 닥칠 일 따윌 걱정할 때가 아니었다.

"콜록! 콜록!"

그 같은 생각과 함께 다시 기침을 토한 장소량이 역시 동일한 산을 바라보고 있는 북리사경에게 다가갔다.

"뭐지?"

시선조차 던지지 않고 북리사경의 냉정한 질문이 날아들었다. 역시 인간미 따윈 기대할 수 없는 놈이다.

내심 북리사경에게 몇 차례에 걸쳐 감자를 먹인 장소량이 허리를 숙여 보이며 대답했다.

"소인, 작전 수립을 끝냈습니다요!"

"아직 검마후는 움직이지 않고 있다."

"이번엔 구양 마군을 따라가는 게 아닙니다요."

"그럼?"

"포획입니다요."

"……."

북리사경이 그제야 산에서 시선을 거두고, 장소량을 바라봤다.

눈앞의 모사!

신마성궁에서 붙잡아 온 이후 끊임없이 투덜거리고, 앓는 소리를 해서 신경을 거슬리게 했다. 마도십가 중 수위를 다투던 승천북리가의 가주이자 마도제일인의 위치를 노리던 북리사경으로선 결코 가까이 하고 싶지 않은 부류의 인간이었다. 함께 천하를 노렸던 마계금가주 금모연이 있었다면 단연코 빠른 시간 안에 정리했을 터였다.

그러나 현재의 그는 북리사경의 겉껍질을 덮어쓴 존재였다.

죽음 중에서 귀환한 불사강시였다.

그런 그에게 있어 북리사경의 기억은 그리 큰 의미가 되지 않았다. 그 자신이 가지고 있었던 드높은 기상이나 귀족적인 자부심 따위에 더 이상 큰 의미를 부여할 수 없는 것이다.

그래서 놔뒀다.

방임했다.

모사가 필요하단 첫 번째 판단에만 의지해 장소량의 온갖 뻘짓을 참았고, 지켜봤다. 천마대조의 그릇이 된 구양령을 자신의 힘만으로 제압할 수 없음을 알고 있었기 때문이다.

그리고 지금 이 순간이 왔다.

언제나 비겁하게 눈치나 보면서 자신을 슬슬 피하던 장소량이 스스로 찾아와 눈을 빛내고 있었다. 십만대산에서부터 줄곧 뒤꽁무니를 따라다니기만 했던 구양령을 포획하자 하고 있었다. 어느 때보다 자신만만한 얼굴을 하고서 말이다.

잠깐의 침묵 끝에 북리사경이 입을 열었다.

"모사여, 계획을 말하라!"

"먼저 확인하고 싶은 게 있습니다요."

"말하라."

"이번 포획 작전의 핵심은 완벽한 명령의 일원화에 있습니다요."

"요는?"

"좌마령께서도 소인의 명령을 따르셔야만 합니다요. 그래 주실 수 있겠습니까요?"

북리사경의 눈이 심연에 가까운 어둠을 담았다.

"그래야만 한다면."

"반드시 그래 주셔야만 합니다요!"

"내게 명령을 내려라."

"계획의 시작은 이렇습니다."

갑자기 말투가 바뀐 장소량이 넓은 소매 속에서 지형도 한 장을 꺼내 들었다. 지난 수일간 몸을 해쳐 가면서 짠 포획 작전을 설명하기 위함이었다. 아주 자세하고 세밀한 부분부터 천천히 말이다.

잠시 후.

양손 가득 무수히 많은 종류의 깃발을 든 장소량이 미리 봐 놨던 거북 바위 위에 올라섰다.

구양령이 거하고 있는 산이 한눈에 들어오는 장소.

흡족하게 산의 요로 모두를 장악한 포위진을 살핀 장소량이 잠시 고민하다 깃발 하나를 치켜 올렸다.

— 검은 깃발!

첫 번째로 정한 번제물이다.

'나무아미타불 관세음보살! 무량수불! 수리수리마하수리! 아수라발발타! 후일 이번 포획 작전이 성공하면 내 지전만큼은 확실하게 태워 줄 테니, 절대로 날 원망하진 마시게! 이것도 다 마도의 사나이로 태어난 운명이지 않겠는가?'

마도의 사나이로 태어나 줄곧 그곳에서 뒹굴며 목숨을 연명해 온 장소량이 내심 중얼거리며 깃발을 흔들었다. 그가 끌어들인 세력 중 흑사자문(黑獅子門)에게 첫 번째 돌격 명령을 내린 것이다.

그리고 다시 골라진 세 개의 깃발.

더 이상의 망설임 없이 하늘에서 나부낀다.

무려 인세에 강림한 천마대조의 그릇을 포획하는 작전이다. 번제로 정해진 숫자에 한계는 존재하지 않았다. 이제 시작한 것이나 다름없었다.

'나무아미타불 관세음보살! 무량수불! 수리수리마하수리! 아수라발발타…….'

장소량은 계속 속죄의 염불을 외며 자신이 일으킨 전장의 변화에 집중했다. 눈에 모든 공력을 집중한 채 어떤 종류의 변화도 놓치지 않게 최선을 다했다.

그게 현재 그가 할 수 있는 일의 전부였다.

그렇게 마음을 다잡았다.

*   *   *

디링!

천마대조—여전히 구양령의 육체에 머물러 있는—는 문득 시선을 하늘로 던졌다.

갑자기 울음을 토한 검.

그가 아니라 육체의 주인인 구양령을 향한 호소일 터였다. 애초에 이런 쇠붙이 정도에게 마음의 작은 조각이나마 내준 기억이 없으니까.

그래도 신경은 쓰인다.

얼마 전 접속했던 신마대제 담대광!

그와의 강렬한 유대감이 며칠 전을 기점으로 상당 부분 흐려진 원인을 아직 파악하지 못한 것만큼 말이다.

그래서였을 것이다.

슥!

천마대조는 자신의 가냘픈 몸을 의지하고 있던 커다란 노송의 가지에서 몸을 가볍게 활개 쳤다. 산바람으로 인해 살짝 굳어 있던 몸의 근육을 차근차근 풀어냈다.

그리고 고개를 갸웃한다.

어느 틈엔가 그가 머물러 있는 이름 모를 산을 꼼꼼하게 포위하고 있는 인간들의 움직임을 하나하나 파악해 보았다. 어쩌다가 이렇게 많은 숫자가 부근에 집결할 때까지 눈치채지 못했던 것일까?

내심의 의혹은 떠오름과 동시에 소멸했다.

관심 자체를 두지 못했다.

그의 모든 관심을 독차지하고 있는 존재.

마천을 열고 연옥을 온전한 몸으로 빠져나온 신마대제 담대광이 다시 움직이기 시작했기 때문이다.

'그것도 이곳에서 그리 멀지 않은 곳이로구나…….'

빙긋!

견딜 수 없는 즐거움에 천마대조가 활짝 미소 지었다. 인세의 것이라 할 수 없을 만큼의 아름다움을 마음껏 방출했다. 흡사 백치의 그것처럼 말이다.

잠시뿐이다.

곧 단순호치(丹脣皓齒)를 닮았던 미소는 흔적을 감췄다. 그런 것이 존재했었나 싶을 만큼 차가운 표정만을 남겨 놨다. 보는 이의 혼백을 단숨에 얼려 버릴 것처럼 그렇게.

그와 동시다.

팟!

문득 나뭇가지를 박찬 천마대조의 신형이 산 아래로 빠르게 치달아 가기 시작했다.

어느새 그의 몸 주변에 일어난 기묘한 검은 기운!

단숨에 길을 연다.

앞을 가리고 있는 모든 종류의 물체를 하나도 빠짐없이 분쇄하고 있었다.

결코 인세에 존재해선 안 될 것 같은 모습!

세상에 일어날 리 없는 현상을 아무렇지도 않게 만들면서 천마대조는 내달렸다. 모든 것을 부숴 버렸다.

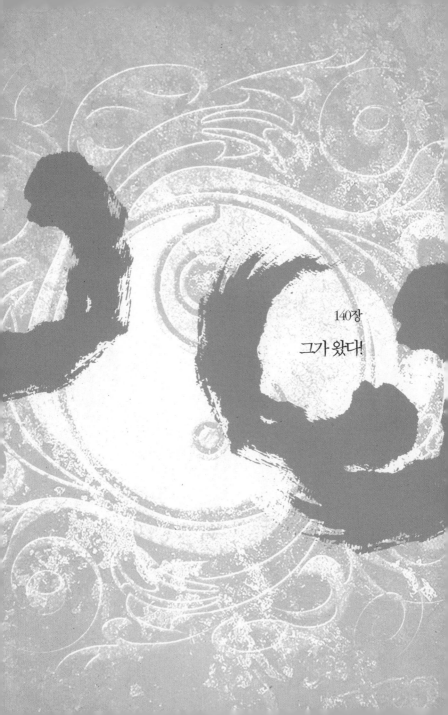

140장

그가 왔다!

　신마성궁.

　평상시처럼 마뇌각에 틀어박혀 다향에 취해 있던 태상
마군 소리산이 갑자기 눈살을 찌푸려 보였다.

　"내가 늙었구나! 늙었어!"

　"어찌 그러세요?"

　"소성녀가 맞춰 보시게?"

　오히려 반문을 던지는 소리산을 부근에 앉아 차를 달이
고 있던 진리가 못마땅하게 바라봤다.

　항상 이렇다.

　무엇이든 쉽게 가려 하지 않는다.

그래도 진리는 그런 소리산이 밉지 않았다. 그의 이 같은 행동이 자신을 가르치려는 것임을 알고 있었기 때문이다.

'쳇! 그래도 이런 식으로 불쑥 내뱉는 질문에 답을 하는 건 너무 힘들단 말이야!'

내심 투덜거린 그녀가 잠시 고심하다 조심스레 말했다.

"현재 태상마군님의 관심을 끌만한 사안은 천마대조의 탈출과 멸천마후 쪽의 세력 확장. 황천비영과 강남의 정파 무림맹의 연합 정도예요."

"그렇지."

"그러니 일단 그것들은 후보에서 제쳐 놓겠어요. 그럼 과연 뭘까요? 역시 황천의 움직임이 아닐까 생각되네요. 조금 더 구체적으로 말하자면 황천의 주인인 만승천자의 속내와 선택인 거죠."

"황제라……."

소리산의 반응이 시원치 않자 진리의 아미가 더욱 좁아졌다. 자신이 내린 답이 틀렸다고 여긴 것이다.

소리산이 고개를 저어 보였다.

"……소성녀가 낸 답은 틀리지 않았네."

"모범 답도 아닌 것 같은데요?"

"그럼 모범 답을 내놔 보게."

"모범 답은……."

이번에는 진리가 말끝을 흐렸다. 소리산이 인정한 천재인 그녀로서도 더 이상의 답을 내놓을 수 없어서다.

"……저도 아직 모르겠네요. 황천과 관련된 사항은 여태까지 황천비영을 중심으로 한 육선문에 관한 것만 연구했거든요."

"그럴 테지. 노부 역시 그랬으니까."

"그러면?"

"핵심은 황제가 아닐세."

"황제에게 황천비영을 제외한 다른 힘이 있다는 건가요?"

"그런 것 같아."

"아직 확실하게 밝혀진 건 없는 거로군요?"

"아쉽게도."

"……."

진리가 놀란 표정으로 입을 다물었다.

그녀가 아는 소리산은 천하에서 가장 현명한 사람이었다. 천재라 불리는 그녀로서도 결코 그 바닥을 파악할 수 없는 혜안을 지니고 있었다.

게다가 그가 만든 마뇌서고는 어떠한가.

그야말로 천하에 존재하는 모든 정보의 보고라 할 수 있었다. 자신의 오랜 숙원인 마도천하를 이룩하기 위한 소리산의 최후 보루라 할 만 했다.

진리는 그런 마뇌서고에서 거의 하루 종일 파묻혀 살고 있었다. 천하의 모든 정보를 천재적인 머릿속에 집어넣고, 파악하고, 분석했다.

그런데 그곳의 주인인 소리산이 모르는 게 있다니!

쉽사리 믿기 어려웠다.

말도 안 되는 일이라 생각했다.

"……짐작 가는 바는 있으신 거겠지요?"

"물론."

"그게 뭔지 물어도 될까요?"

"그건 소성녀에게 넘겨주도록 하지."

"아! 비겁해요!"

진리가 소리치자 소리산이 입가에 흐릿한 미소를 머금고 다구를 내려놨다.

'허허, 본래는 있을 수 없는 일이지만 내 예상이 맞다면 한번 실험해 볼 가치는 있을 테지. 만약 죽음을 얼마 남기지 않은 늙은이의 머릿속에 깃든 한낱 노파심에 불과하다면 그 역시 좋은 일일 테고 말이야…….'

문득 기상천외한 계책 하나를 떠올린 소리산이 입가에 빙글거리는 미소를 매달았다.

불쑥 떠오른 계책이 꽤나 마음에 들었다.

기책(奇策)!

병가에서는 하수의 방법으로 폄하하나 노회할 대로 노

회한 그에겐 무척 새로웠다. 일시 나이를 잊고 회춘한 것처럼 마음이 즐거워졌다.

　이튿날.

　마뇌각에서 몇 마리의 전서응이 신마성궁을 떠나 십만 대산의 남쪽에 치우쳐 있는 파소봉을 향해 날아갔다.

　목표는 자명하다.

　태상마군 소리산에 대항하기 위해 멸천마후 천기신혜를 중심으로 모인 수십 개 마류의 중심지인 멸천각이었다. 그곳에 침투시킨 간자들에게 드디어 소리산은 움직임을 명한 것이다.

　어째서 지금일까?

　그가 떠올린 기책과 관련 있는 것일까?

　아직은 모른다.

　어떤 변수를 만들어 낼지 알 수 없었다.

　소리산 자신도 아직 확신을 가진 것이 아니었기에.

　　　　　　　*　　　　*　　　　*

　극단적일 만큼 작게 응축된 동공!

　흡사 창공을 자유롭게 부유하던 맹금류가 지상의 사냥감을 노리고 있는 것이나 다름없다.

원리 역시 비슷하다.

극도로 정제된 내력을 눈에 집중해 인간으로선 상상할 수 없을 정도로 먼 곳에서 일어나는 움직임을 파악한다. 천리안이나 다름없는 이적을 발휘하는 것이다.

그렇게 한동안 눈앞의 기암 절봉을 살피고 있던 매종경이 문득 손을 치켜 올렸다.

차착! 차차차차착!

그러자 그의 배후로 모습을 드러낸 천여 명이 넘는 정예!

멸천마후 천기신혜의 명으로 그가 멸천각에서 이끌고 온 십대 마류에 속한 마인들이었다. 잔혹한 손속과 강력한 마공, 흉악한 심성을 모두 갖춘 인간 병기들을 이만큼이나 모아 왔다.

한데 어째서일까?

매종경은 돌격 명령을 내리려다 잠시 주저했다.

절대적인 마기!

그가 줄곧 살피고 있던 산에서 전해져 오는 전류와 같은 자극이 천기신혜의 수호 마호가 된 그에게까지 전달되어져 왔다. 마치 유혹하는 것처럼 달콤하게 달라붙어 왔다.

다른 자들 역시 마찬가지다.

어느새 십대 마류의 마인들은 대기하고 있는 것이 힘든 듯 온몸을 비비꼬아 대고 있었다. 당장이라도 눈앞에 보이

는 산으로 달려가서 마음껏 흥성을 폭발시키고 싶어서 안
달이 난 기색들이었다.

그 점이 마음에 걸렸다.

마치 누군가의 통제대로 유도되고 있는 것 같았다.

아주 기분이 언짢았다.

하지만 이미 기호지세(騎虎之勢)였다. 좌마령 북리사경
쪽에서 고독검마후를 포획하는 작전이 시작되었으니 계속
기다리고만 있을 순 없었다.

유혹에 넘어간 게 아니다.

인간으로서의 감정이 거세된 마호로서 냉정한 판단을
내린 매종경이 결국 공격 명령을 내렸다. 자신이 이끌고
온 십대 마류 전체를 한꺼번에 쏟아 내어 단숨에 승부를
결정지을 작정이었다.

고독검마후의 포획!

좌마령 북리사경 병력의 몰살!

두 마리 토끼를 한꺼번에 잡으려 했다. 충분히 그럴 수
있다고 생각했다.

"아하하하하하하!"

천마대조는 하늘을 올려다보며 앙천대소(仰天大笑)를 터
뜨렸다.

방금 전과는 다르다.

구양령의 절세 미모를 간직한 얼굴은 그대로이나 느낌 자체가 완전히 다른 사람으로 변했다.

흡사 인두겁을 뒤집어쓴 것 같달까?

그렇게 비인간적인 느낌이 물씬 풍겼다. 놀라울 정도의 미모에도 불구하고 어떤 사람도 감히 곁으로 다가들지 못할 터였다. 그 정도로 압도적인 위엄과 근원적인 공포를 동시에 자아내고 있었다.

마찬가지로 그의 주변에 벌어져 있는 상황 역시 범상치는 않다.

목불인견(目不忍見)이라 할 만했다.

그를 중심으로 방원 십수 장에 걸쳐서 수를 셀 수 없을 정도로 많은 육편 조각이 널브러져 있었다. 얼마 전까지 생생하게 살아서 제 기능을 다하던 육체의 구조물들이 낱낱이 해체되어 사방으로 흩어진 것이다.

그게 기뻤던 것이리라!

천마대조는 오랜만에 맛본 강렬한 피의 축제를 순수할 정도로 자연스럽게 즐기고 있었다. 어떤 악독한 인간이라도 결코 보일 수 없는 마성을 있는 그대로 드러내고 있었다.

— 혼돈지문!

항주 무림맹에서 신마대제 담대광이 연 마계의 문이 이곳 사천의 오지에서 다시 등장했다. 일단 겉으로 보기엔 그러했다. 다를 것이 전혀 없어 보인다.

잠시뿐이었다.

곧 천마대조가 흥겨운 미소를 거뒀다. 어느새 그를 향해 또 다른 자들이 모여들고 있었다.

새로운 먹잇감들!

흑요석처럼 요요롭게 빛나는 눈을 한 차례 깜박여 보인 천마대조의 주변에서 다시 검고 붉은 기운이 일어났다. 두 마리 용처럼 그의 몸 전체를 감쌌다.

갑주?

비슷하다.

그런 모양새였다.

아주 잠시 동안이나마 그렇게 구체화되었다가 곧 변화를 일으켰다.

륜형!

순간적으로 맹렬한 회전을 일으키기 시작한 흑적쌍룡이 작은 폭풍을 일으키며 천마대조의 몸을 떠났다. 이미 초토화되어 있던 그의 주변을 또다시 압도적인 위력으로 쓸어버리기 시작한 것이다.

"크악!"

"으악!"

"우아아아아아악!"

비명이 들려온 건 의외로 상당히 거리가 있는 곳에서였다. 천마대조의 몸에서 형성된 흑적쌍룡의 폭풍이 승천하듯 하늘로 치솟아 올랐다가 꽤나 먼 쪽으로 떨어져 내렸기 때문이다.

그렇다면 그의 곁으로 달려들던 새로운 먹잇감들은 어찌 되었을까?

부들! 부들!

손에 손에 흉험한 창칼을 들고 세 방향에서 진격해 오던 삼백 명가량의 인원들은 바짝 얼어 있었다. 목표였던 천마대조의 곁에 도달하기도 전에 심혼이 완전히 금제되어 버렸다. 흡사 절대적인 천적을 마주한 것처럼 말이다.

그게 천마대조를 조소하게 만들었다.

"하하, 어리석은 하루살이들! 내 흥을 돋워 줄 용도조차 되지 못할 정도로 비루한 것들이로구나!"

"……."

"……."

노골적인 비웃음에도 대답하는 이는 아무도 없었다. 옴짝달싹도 못한 채 그냥 공포에 질린 표정만 짓고 있을 뿐이었다. 그렇게 이미 결정된 죽음을 기다리고 있었다.

한데 그때 작은 변화가 일어났다.

스슥!

스스스스슥!

갑자기 살아 있는 석상이 되어 있던 삼백 명 중 몇 명이 움직임을 보였다.

기쾌하게 신형을 날려 천마대조의 곁으로 파고들었다.

검과 창을 꽂아 넣었다.

마치 환상 그 자체가 된 것처럼 암격을 성공시켰다. 아니, 거의 그럴 뻔했다.

퍽! 퍽! 퍽! 퍽! 퍽!

천마대조에게 암격을 가했던 자들이 일순 자신의 병기와 함께 폭발을 일으켰다. 그의 몸에 깃들어 있던 마기와 충돌한 순간 몸속의 마공이 미친 듯 폭주를 일으켜 극단적인 주화입마를 일으킨 때문이었다.

천마신교 모든 마공의 창시자!

모든 마공의 어버이인 천마대조에게 감히 칼날을 들이댄 대가는 그처럼 컸다.

하지만 그들의 희생이 완전히 무가치한 것만은 아니었다.

짧은 순간!

천마대조의 올가미에 걸려 있던 삼백 명의 주박이 풀렸다. 피할 수 없는 죽음으로부터 벗어날 수 있었던 거다.

"우와아아아아!"

"죽어라아아아!"

"제발 부탁한다! 죽어줘라아아!"

각기 다른 세 마도 문파의 정예들이 있는 대로 악을 쓰며 천마대조에게 달려들었다. 그를 암격했던 동료들의 뒤를 따라 전력으로 마공을 쏟아 냈다.

번쩍!

그러자 그 순간 다시 일어난 류형!

잠시 천마대조의 곁을 떠났던 흑적쌍룡이 돌아왔다.

흉폭하게 입을 벌린 채 그에게 파상 공세를 가하던 세 마도 문파의 정예들을 쓸어버렸다. 어떤 종류의 마공이나 병장기가 가로막든 상관없이 자르고, 박살 내고, 분쇄해 버렸다. 기다란 전신을 둥글게 만 채 회전을 일으키며 주변에 거대한 살육과 폐허의 공간을 만들어 냈다.

촌각?

그보다 더 짧았다.

삼백 명이 넘는 숫자가 몰살당하는데 그 정도 시간밖에 걸리지 않았다. 앞서 가장 먼저 달려들었던 흑사자문의 정예를 몰살시킬 때와 마찬가지로 말이다.

그렇게 만들어진 피의 길!

다시 유일한 존재가 된 천마대조가 입가의 조소를 더욱 짙게 한 채 걸음을 옮겼다. 아직 부족하다. 죽인 자들보다 더 많은 숫자가 살아 있었다. 감히 아직도 마의 주인을 상대로 도망치지 않은 상태였다.

용서할 수 없는 일!

용납할 수 없는 일이다!

그들을 징치(懲治)하기 위해 천마대조는 다시 피의 길을 걸어갔다.

완전히 날을 잡았다.

오늘이 가기 전에 근래 귀찮게 부근을 어지럽히던 날파리들을 정리할 작정이었다. 그렇게 한 후 자신의 반쪽이 될 마의 아들 담대광을 맞이하러 갈 생각이었다.

철컹!

한데 갑자기 이변이 발생했다.

철컹! 철컹!

그것도 한 번으로 그치지 않았다. 연쇄적으로 몇 가지가 동시에 발동했다.

콰앙!

처음에는 발목이 쇠사슬에 걸려들더니, 다음엔 양팔이 옭아매겼고, 뒤이어 거대한 철옥이 떨어져 내렸다. 흡사 강철로 된 감옥에 처박힌 것이나 다름없는 꼴이 된 것이다.

"하하, 재밌는 짓을 하는구나! 아주 재밌어! 감히 내게 이따위 짓을 하다니……."

분노가 깃든 미소와 함께 천마대조가 흑적쌍룡을 다시 불러들였다. 수백 명의 인명을 썰어 버렸듯 자신을 가둔 철옥과 형구를 부숴 버릴 작정이었다.

그러나 그 순간 또 다른 이변이 발생했다.

쩡! 쩌쩡!

천마대조에게 돌아오던 흑적쌍룡이 놀랍게도 철옥에게 달려들었다가 황급히 뒤로 물러났다.

흡사 천적이라도 만난 것 같은 모양새!

마찬가지로 천마대조 역시 철옥과 형구를 떨치지 못하고 있었다. 덫에 걸린 짐승처럼 몸을 이리저리 흔들고 있을 뿐이었다. 방금 전까지 보였던 경세적인 위세 따윈 이미 조금도 남아 있지 않은 모습이다.

"대성공이다!"

바닥에 내동댕이친 몇 개나 되는 깃발을 짓밟고서 장소량이 환희에 차서 소리쳤다.

줄곧 확신하지 못하고 있었다.

수십 차례나 계획을 검토하고 수정했으나 의심에 또 의심을 더해 왔다.

단 한 번!

그것도 눈앞에 펼쳐진 것처럼 거진 오백여 명이 넘는 숫자의 전력을 희생하고서야 전개할 수 있는 작전이었다. 실패 따윈 결코 용납되지 않았다.

하지만 오늘, 장소량은 기어이 불가능하다 내심 줄곧 되뇌여 왔던 작전을 성공시켰다. 북리사경에게 했던 당당한 일갈을 현실화시킨 것이다.

어떻게 그럴 수 있었을까?

북리사경에게 납치되다시피 신마성궁을 떠난 후, 장소량은 차근차근 천마대조에 대해 연구했다. 그를 포획하기 위해서 반드시 필요한 준비물이 있을 터였기 때문이다.

그래서 준비한 것이 신마좌의 재료인 만년묵강(萬年墨鋼)이었고, 극양의 기운을 함유한 화산지대였으며, 극양의 마공을 주로 연마한 문파의 정예 무사들이었다. 그것들을 한데 모으는 기간 동안 철저히 천마대조의 뒤를 따르기만 했다. 호시탐탐 기회를 노리면서 말이다.

'천마대조의 그릇이 된 검마후는 지음지기(至陰之氣)의 정화, 그 자체나 다름없는 몸이다. 그래서 강력한 화기를 함유한 만년묵강에 지남철처럼 달라붙는 기질이 있다. 신마좌에 오랫동안 영혼의 파편이 머물렀던 건 바로 그런 이유에서였다. 또한 그렇기에 극양의 기운이 깃든 화산지대를 좋아할 수밖에 없는 것이다. 내 천재적인 두뇌는 이런 특징을 놓치지 않고, 위대한 이번 포획 작전을 성공시킬 수 있었다. 크하하하핫!'

득의만면한 내심과 달리 그동안 장소량의 고생은 이루 말로 표현할 수 없을 정도였다. 자신이 세운 가설을 실행에 옮기기 위해 건강까지 해쳐 가며 준비물들을 끌어 모아야만 했기 때문이다.

그중에서도 가장 힘든 건 흑사자문, 적룡혈왕부(赤龍血王府), 축융귀도문(祝融鬼刀門), 태양곡(太陽谷)등의 번제물을 끌어들이는 것이었다.

위의 문파들은 천마신교의 하부 조직이긴 하나, 하나같이 마도의 유력한 세력들이기에 설득하는 게 무척 힘들었다. 태상마군 소리산의 위명을 빌리고, 북리사경의 무력을 아낌없이 이용해서 하나하나 끌어들일 수밖에 없었다.

게다가 또 한 가지 장소량이 신경 쓸 일이 있었다.

어느샌가 끼어든 새로운 세력!

바로 멸천각을 떠나온 귀마 매종경이 이끄는 십대 마류였다. 십만대산을 떠난 후 성가실 정도로 계속 장소량의 뒤를 졸졸 따라다니고 있었다.

그들의 목표는 뻔했다.

천마대조의 뒤를 쫓는 장소량을 따라다니다 뒤통수를 칠 생각인 것이다. 몰염치하긴!

뭐, 괜찮았다.

장소량은 그들까지 자신의 계획에 포함시켰다. 감히 머리로 세상을 사는 모사를 뒤치기 할 생각을 한 것에 대한 보답을 아주 확실히 해줄 작정이었다.

그때 끊임없이 자화자찬하며 스스로를 대견해하고 있던 장소량에게 북리사경이 다가왔다. 천마대조가 포획당하는 역사를 보고도 여전히 별다른 감정의 변동을 보이지 않는다.

"모사여, 내가 더 명령을 기다리고 있어야 하는 것인가?"

"마침 잘 오셨습니다. 귀마 매종경의 남은 세력을 구양마군 쪽으로 몰아넣으십시오."

"그들은 이미 치명적인 타격을 당했다. 굳이 검마후에게 몰아넣어야 할 이유가 있는가?"

"물론입니다. 그들 중 단 한 명도 살려 보내면 안 됩니다. 멸천마후가 온다면 구양 마군을 빼앗기고 말 테니까요."

"알겠다."

북리사경이 고개를 끄덕이곤 곧바로 신형을 산으로 날렸다. 장소량의 명령이 타당하단 판단을 내린 것이다.

'자식, 멸천마후 무서운 건 알아 가지고!'

장소량이 순식간에 멀어져 가기 시작한 북리사경에게 한 차례 비웃음을 던지고 품에서 남은 깃발을 꺼내 들었다. 비록 매종경이 이끌고 온 십대 마류가 천마대조의 초월적인 공격으로 절반 이상 괴멸되었다곤 해도 아직 세력이 강성했다. 북리사경 혼자서 그들을 몽땅 감당하긴 힘든 게 자명할 터였다.

"쿨럭! 쿨럭! 명석한 내 가장 큰 문제점은 사람이 너무 좋다는 거야!"

기침이 동반된 투덜거림과 함께 장소량이 깃발을 흔들었다.

동시에 세 개!

이미 번제물이 된 사 개 문파 외의 모든 세력이 한꺼번에 투입되었다. 이제 슬슬 마무리에 들어갈 때가 되었다는 판단이었다. 빠르고 단호하게 말이다.

*　　　*　　　*

밤.

수천 명의 인명이 목숨을 잃어버린 대혈전이 끝난 하늘 위로 환한 달이 얼굴을 내밀었다.

보름이 임박했는가.

달빛은 근래 보기 드물 정도로 밝았다. 조금만 밤눈이 밝은 사람이라면 어렵지 않게 주변을 살필 수 있을 정도였다.

그런 산길을 빠르게 걷고 있는 묘령의 여인이 있었다.

요화 반교연.

천사련을 버리고 천마신교에 투신한 후 얻은 늙은 서방을 따라서 신마성궁을 빠져나온 여인.

그녀의 요염한 얼굴은 꽤나 수척해져 있었다.

십만대산을 벗어나 사천의 험지까지 오는 동안 고생이
꽤나 심했다. 오로지 장소량을 되찾겠다는 일념으로 목숨
보다 중히 여겼던 미용이나 몸매 관리까지 포기했다. 두
번이나 제 사내를 잃어버릴 순 없다는 의지의 발로였다.

그래도 본래 타고난 성정이 쉽게 변하는 게 아니다.

거진 보름이 넘도록 씻지 못해 땟국물이 흐르는 얼굴을
한 채 반교연은 계속 이를 갈았다. 자신을 이런 끔찍한 꼴
로 만든 북리사경과 장소량을 비롯한 천마신교의 모든 존
재들에게 악랄한 저주를 퍼붓고 있었다.

그러던 그녀가 갑자기 신형을 바닥으로 던졌다.

복지부동!

그녀에게 자신의 최절초를 전수한 장소량이 봤다면 필
시 엄지손가락을 추켜세웠을 정도로 완벽한 동작이다. 깔
끔하고 군더더기가 전혀 붙지 않은 게 그야말로 청출어람
(靑出於藍)이라 할 만 했다. 결코 장소량에 못하지 않은 것
이다.

사삭!

그런 상태에서 반교연은 조심스럽게 포복으로 이동했다.
기왕 버린 몸, 흙투성이가 되는 걸 전혀 개의치 않았다.

그렇게 얼마나 움직였을까?

반교연이 다시 복지부동에 들어간 것과 동시에 하늘에
서 두 개의 그림자가 떨어져 내렸다.

흡사 천계를 떠나 지상으로 강림한 신장(神將)과도 같은 등장!

'그럴 리가 없지……'

회의적인 반교연의 반응을 확인이라도 시켜 주려는 듯 두 개의 그림자가 달빛 아래 본색을 드러냈다.

— 귀마 매종경과 좌마령 북리사경!

한나절 이전, 이름 모를 기암절봉에서 만나서 생사결전을 벌인 두 비인(非人)의 행색은 사뭇 차이가 났다.

매종경이 한 팔을 잃어버리고 온몸이 너덜거릴 정도로 상처투성이인데 반해 북리사경은 평상시와 다름없는 모습이었다. 누가 봐도 이미 승부의 추가 어느 쪽으로 기울어졌는지 알 수 있을 터였다.

하지만 기묘하게도 둘 모두 표정은 차이가 없었다.

인간적인 감정이 전혀 담기지 않은 모습!

그런 비인간적인 표정을 한 채 서로를 주시하고 있었다. 어찌 보면 싸움 따윌 할 것 같지 않은 모양새다. 감정의 흐름이 아예 느껴지지 않았으니까.

착각이었다.

곧 두 비인이 격돌했다.

초인간적인 속도로 상대를 죽이기 위해 달려들었다. 날

카로운 살초를 날렸다.

파팟!

파파파파팟!

격돌을 하면 할수록 매종경의 몸은 더욱 너덜너덜해졌
다. 상처가 기하급수적으로 늘어나고 있었다. 눈에 보이지
않는 무형의 칼날에 전신이 난도질당했다.

그만큼 압도적인 두 비인의 격차!

그럼에도 승부는 쉽사리 갈리지 않았다. 용케도 매종경
이 북리사경의 일방적인 공격을 작은 상처만으로 흘려 넘
기고 있었기 때문이다.

그렇다 해도 보통 사람이라면 이미 출혈 과다가 됐을
터.

매종경은 이미 죽어도 수십 번은 죽었을 만한 상처를 당
한 채로 북리사경의 공격을 감당하고 있었다. 상처를 입기
만 했을 뿐 단 한 방울의 피도 흘리지 않으면서 말이다.

반교연이 내심 치를 떨었다.

'정말 끔찍한 괴물들이잖아! 도대체 무슨 짓을 당했기에
저런 꼴이 된 거람?'

그녀는 두 비인을 익히 알고 있었다.

사실 꽤나 인연이 깊은 편이었다. 천사련을 떠난 후 두
비인과 여러 차례 얽혀 왔으니까.

특히 북리사경은 익숙했다.

천마대전을 오고가며 그의 비인간적인 모습을 몇 번이
나 봐왔다.

그런데 지금은 더욱 질리는 심정이었다.

끔찍했다.

이런 비인간적인 괴물들에게 붙잡혀 간 장소량이 무척
걱정됐다. 개똥밭을 굴러서라도 반드시 살아남을 사람이
라던 절대적인 믿음에 살짝 생채기가 났다.

그때 복지부동해 있던 그녀의 귓전으로 담담한 목소리
가 파고들었다.

"재밌게들 놀고 있잖아?"

'뭐……'

화들짝 놀란 반교연이 목소리가 들려온 방향으로 시선
을 돌리다가 입을 가볍게 벌렸다.

하늘로 뻗은 검미.

한성같이 서늘한 봉목(鳳目).

태산준령같이 우뚝 솟아 있는 콧날.

거기에 야생마처럼 기다랗게 휘날리는 검은 모발까
지……

반교연의 바로 옆에 갑자기 모습을 드러낸 사람은 얼마
전 구채구를 떠나온 담대광으로 그녀 일생 중 제일가는 미
남자였다. 전날 무림맹에서 제법 재밌게 데리고 놀았던 미
검봉명 장원록조차 감히 견줄 수 없을 정도였다.

물론 반교연이 놀란 건 그런 점 때문은 아니었다.

오히려 미적인 감각에 대해 흥미를 잃어 버린 지 꽤 오래되었다.

그녀는 궁금했다.

어째서 이런 상황에, 아무런 기척도 없이, 자신의 옆자리까지 담대광 같은 미남자가 다가들 수 있었는지. 도대체 그런 일이 어떻게 가능할 수 있었는지가.

그때 두 사람 뒤에서 소영이 헐떡이며 뛰어왔다. 얼굴이 흙투성이인 게 몇 차례 산길에서 구른 것 같다.

"서방님, 이 밤중에 어찌 소녀를 홀로 내동댕이칠 수 있는 거예요!"

'서방님?'

반교연이 소영을 눈으로 살피곤 다시 담대광을 바라봤다. 자신이 생각했던 것과는 꽤나 다른 상황 전개에 살짝 당황한 것이다.

그러나 담대광은 개의치 않았다.

아예 소영이나 반교연에겐 관심조차 없어 보인다. 여전히 비인간적인 싸움을 계속하고 있는 매종경과 북리사경만을 흥미롭게 지켜보고 있었다.

그 사이 소영이 두 사람 앞에 도착했다.

다정하게 어깨를 맞대고 있는 반교연과 담대광을 보고 그녀의 눈이 시퍼렇게 변했다.

"서방님, 소녀와 헤어진 지 얼마나 되었다고 그 사이 다른 여인을 맞아들이신 건가요? 아무리 여자와 자식은 다다익선(多多益善)이라 해도 너무 하신 처사이옵니다!"

'여자와 자식은 다다익선이라……'

반교연이 소영이 한 얘기를 음미한 후 짜증 어린 표정이 되었다. 그녀도 한때 무수히 많은 사내와 동시에 관계를 갖긴 했으나 그런 걸 자랑스러워하진 않았다. 마음속으론 언젠가 진심으로 사랑하는 한 남자를 만나서 알콩달콩 살고 싶다고 생각하고 있었다.

당연히 소영이 한 말이 마음에 들지 않았다.

만약 장소량이 그 같은 말을 내뱉었다면 염소수염을 몽땅 뽑아 버린 후 거시기를 잘라 버릴 작정이었다. 그러지 않고선 분노가 풀리지 않을 터였다.

그때 담대광이 갑자기 신형을 일으켜 세웠다.

슉!

그리고 두 여인을 뒤로 한 채 여전히 싸움을 계속하고 있던 두 비인을 향해 날아갔다. 문득 두 비인에게서 익숙한 기운을 느낀 까닭이었다.

"헉!"

반교연이 자신도 모르게 비명을 터뜨렸다. 그만큼 갑자기 두 비인의 싸움에 끼어든 담대광의 움직임은 그녀의 상상을 월등히 뛰어넘고 있었다.

눈으로 쫓기도 힘들달까?

그로 인해 한 가지 궁금증은 풀렸다.

어째서 그가 자신의 바로 곁에 이른 걸 몰랐는지 말이다.

'엄청난 고수잖아! 소교주나 태상마군보다 절대 못하지 않은 것 같은데?'

그것도 그냥 예상치일 뿐이었다.

그녀가 아는 가장 강한 고수를 떠올렸을 뿐이었다.

그만큼 담대광이란 미남자는 그녀가 예측할 수 없는 영역에 위치한 사람이었다. 아예 사유의 영역을 벗어나 있었다. 마치 눈앞에서 싸우고 있는 비인들처럼 말이다.

그때 소영이 반교연에게 말을 걸었다.

"나는 유성 서방님의 조강지처(糟糠之妻)인 구채구의 소영이라 하네. 자네는 어디에서 온 누구인가?"

"……."

"너무 걱정하지 말게. 내 비록 나이는 어리나 관대한 사람이니까. 자네가 서방님께 진심을 다한다면 결코 투기 같은 걸 하지 않고 윗사람으로서 따뜻하게 보듬어 줄 생각이네."

"미친년!"

"미, 미친년……."

"그래, 이 미친년아! 어딜 나이도 어린 게 나 요화 반교연에게 헛소리를 지껄이고 있는 것이냐!"

"……그런 심한 말을 하다니!"

"심한 말?"

반문과 함께 반교연이 소영에게 주먹을 날리려다가 억지로 참았다. 자신의 인지 능력을 뛰어넘는 존재인 담대광과 그녀의 관계가 신경 쓰였기 때문이다.

그러자 소영이 훈계하듯 말했다.

"자네. 말투가 지나치게 거칠구만. 나와 함께 서방님을 모실 생각이면 그런 말투는 고치는 게 좋을 거야."

"돌아 버리겠네! 나 네년의 서방인지 뭔지 하는 사람을 모실 생각 따윈 없거든!"

"뭐?"

"난 다른 남자가 있다고! 그러니 네년에게 그딴 소리를 들을 이유가 없어!"

"다, 다행이다! 우아앙!"

갑자기 소영이 사람이 바뀐 듯 바닥에 주저앉아 울음을 터뜨렸다. 방금 전까지 억지로 강한 척을 하고 있었던 게 분명하다. 아주 마음이 조마조마 했으리라.

'뭐야? 그냥 사내한테 마음을 뺏긴 바보 같고 순진한 계집아이일 뿐이잖아…….'

반교연이 소영을 바라보며 내심 고개를 가로저었다. 그녀에게 느꼈던 불쾌한 기분이 일순 눈 녹듯 사라지고 있었다.

* * *

차랑!

얼마만의 일일까?

철옥과 형구에 제압된 후 미동조차 하지 않고 있던 천마대조가 갑자기 움직임을 보였다.

교교하게 떨어져 내리는 달빛이 만들어 낸 길.

평범한 사람에겐 보이지 않는 은빛의 기다란 꼬리를 천마대조는 바라보고 있었다. 묘하게 사람의 심사를 뒤흔드는 눈빛을 아낌없이 던졌다.

달달달달!

철옥 부근에 만든 야영지에서 작은 몸을 학질이라도 걸린 것처럼 떨고 있던 장소량의 눈에 이채가 어렸다.

'저 마물이 아무 이유도 없이 저런 행동을 보이진 않을 텐데……'

마물!

더 정확히 표현하자면 인세에 존재해선 안 될 '악마의 그릇'이 바로 천마대조를 바라보는 장소량의 관점이었다. 그를 포획할 방법을 찾는 동안 자연스럽게 그런 생각이 들었다.

그래서 그는 내심 독심을 품고 있었다.

포획에 실패할 시 천마대조를 죽여 버릴 작정을 한 거다. 그렇게 하지 않고선 죽을 때까지 뒤가 찜찜할 것 같았다. 후환 따위 남겨 놓는 게 아니라 했다.

그때 천마대조가 붉은색이 감도는 입술을 열었다. 역시 철옥과 형구에 제압된 후 처음 있는 일이었다.

"그가 왔다!"

'그가 와?'

"그가 드디어 내게 왔다! 혼돈지문이 활짝 열려 마(魔)의 그릇이 온전한 하나가 될 때가 온 것이야!"

'혼돈지문? 마의 그릇? 그게 당최 무슨 소리야?'

장소량이 내심 중얼거리며 눈살을 찌푸리다 갑자기 입을 크게 벌렸다.

파창!

철옥이 박살 났다!

형틀이 박살 났다!

그리고 천마대조가 하늘로 날아올랐다. 마치 언제든 그럴 수 있었던 것처럼 장소량이 수개월 동안 준비했던 포획을 무용지물로 만들었다.

"망할!"

장소량이 욕설과 함께 안색을 창백하게 물들였다. 그것이 점점 자신 쪽으로 날아오고 있는 천마대조를 바라보며 그가 할 수 있는 유일한 일이었다.

『절대검해』15권에 계속

트위터:http://twitter.com/machunru

팬 카페 광협(狂俠)!:http://cafe.daum.net/gocrazyhero

이메일:machunru3110@hotmail.com

권용찬 신무협 장편소설

ORIENTAL FANTASY STORY & ADVENTURE

질주무왕

『신마협도』, 『철중쟁쟁』, 『용중신권』을 잇는 신무협의 정수!

권용찬 신무협 장편소설
『질주무왕』

만병을 다룸에 있어 당할 자 없고
몸을 씀에 있어 권, 장, 지, 각, 퇴, 경, 신
이 모두 천외천에 이르렀으니
세상에 이런 무인 없어 무왕이라 일렀다.

dream
books
드림북스

無敵魔道
무적마도

장담 신무협 장편소설

『무적마도』

천마령에 먹혀 아수라가 될 것인가!
항마의 절대선공을 익혀 아수라를 소멸시킬 것인가!

내 운명을 결정할 사람은 결국 나 자신뿐.
세상이 나를 원치 않는다면,
내 뜻대로 천하를 세우리라!

dream
books
드림북스

DARK 흑제
EMPEROR

오렌 퓨전 판타지 장편소설

FUSION FANTASY STORY & ADVENTURE

『무한의 강화사』, 『무한의 마도사』
만인의 작가 오렌이 선보이는 명품 판타지!

『흑제』

이로이다 대륙을 평정하는 중원의 살수.
무혼의 이야기가 이제 시작된다.
거침없는 그의 행보에 동참하라!

★
dream
books
드림북스

DREAMBOOKS★

DREAMBOOKS

DREAMBOOKS★

DREAMBOOKS ★